你说你喜欢雨,但是下雨的时候,你却撑开了伞;你说你喜欢阳光,但当阳光播撒的时候,你却躲在阴凉之地;你说你喜欢风,但清风扑面的时候,你却关上了窗户。我害怕你对我的爱,也是如此之爱。

文艺复兴时期英国重要的作家
杰出的戏剧家和诗人

目 录

Contents

当我每一眼看见你的时候……………………………001
我的血气蒙蔽了清明的理性…………………………002
痛哭流涕反而伤害自己………………………………003
人的想法是会变化的…………………………………004
薄命的女郎……………………………………………005
来得太迟了的爱情……………………………………006
把我浸没在贫困的泥沼里……………………………007
那就不是真的爱情……………………………………008
我们变成这样那样，全在于我们自己………………009
他就紧紧地捏住我的手………………………………010
从今以后，永别了……………………………………011
你的姿色不断在我睡梦中萦绕………………………012
我要杀死你，然后再爱你……………………………013
爱比杀人重罪更难隐藏………………………………015
一个有福的灵魂………………………………………016

她因相思而憔悴……………………………017
在饥荒中因渴慕而憔悴……………………018
爱情是这样充满了意象……………………019
为爱情而奔走的人…………………………020
我的爱就像饥饿的大海……………………021
请在甜蜜的痛苦中记着我…………………022
我愿意倾听你自己心底的妙曲……………023
再远的路我也会跟着你去…………………025
我把我自己跟您交换………………………026
鬼神都在鞭策我复仇………………………027
人类不能使我发生兴趣……………………030
像死亡一样黑暗的心胸……………………031
请不要以我的泪作你的镜子………………032
谁料过去的繁华，变作今朝的泥土………033
她不需要夸大的辞藻………………………034
拭去一切琐碎愚蠢的记录…………………035
胜利既已入你怀抱…………………………036
虽然我的愿望像决心一样强烈……………038
灿烂自生光…………………………………039
想不到居然会有这种事情…………………040
我记得我在恋爱的时候……………………042
不敢向我们所不知道的痛苦飞去…………044
恋爱的使者应当是思想……………………046
逆运也有它的好处…………………………047
他的羽镞已经穿透我的胸膛………………048
让贞操像蜡一样融化了吧…………………049

借着爱的轻翼飞过园墙………………………051
真正的伟大不是轻举妄动………………………052
美貌便是她巨大的财富………………………054
一个人的一生中扮演着好几个角色………………055
充实的思想不在于言语的富丽………………………057
我的忧愁全然是我独有的………………………058
不太热烈的爱情，才会久远………………………059
我的爱情是这样圣洁而完整………………………060
真正的爱情………………………061
我要在一片片树皮上镂刻下相思………………062
爱情！深入一切事物的中心………………………063
我不责怪你们的无情………………………064
千万别不相信我的海誓山盟………………………065
我要用我的眼泪和哭声震撼苍穹………………066
因为你是一切………………………067
不要让忘恩负义的种子遗留在世上………………068
决不动手把你摘下花枝………………………069
这一种爱可以使唇舌无能为力………………070
我们将永远彼此一条心………………………071
与其被人在表面上恭维而背地里鄙弃………………073
却不敢把它吐出嘴唇………………………074
盛装艳饰并不能使你温暖………………………075
把一切托付给不可知的力量………………………077
最大的不幸是独抱牢愁………………………078
撕下你们包藏祸心的伪装………………………079
下流的人只喜欢下流的事………………………080

3

什么大雨我都可以忍受…………………………081
分一些你们享用不了的福泽给他们……………082
我的悲哀是凭空而来的…………………………083
你欺骗了我………………………………………084
畏惧并不能免于一死……………………………085
伤口的腐烂疼痛最难忍受………………………086
含着泪含着笑和你相会…………………………087
祝福那为我奏乐的人……………………………088
亲爱又亲爱的国土………………………………090
真理往往是在痛苦呻吟中说出来的……………092
不敢惊动那芬芳的花瓣…………………………093
戴上你们的帽子…………………………………094
美丽的万物都已醒来……………………………096
无须向太阳敬礼…………………………………097
让我吻一吻那纯白的女王………………………098
我怕我快要给快乐窒息而死了…………………099
你的眼睛是两颗明星……………………………100
我的温柔的女王…………………………………101
生命中隐藏着千万次的死亡……………………102
慈悲的力量高出于权力之上……………………104
这是谁的神化之笔………………………………105
追求的兴致比享用的兴致浓烈…………………106
天上明珠降落人间………………………………107
愈轻浮的女人，脂粉愈重………………………108
心上的瑕疵是真的垢污…………………………110
年轻人是一头不受拘束的野兔…………………111

一阵雨儿一阵风……………………………… 112
灵魂里没有音乐………………………………… 114
只有我是我自己的君后………………………… 115
爱情是叹息吹起的一阵烟……………………… 116
公鹿找不到母鹿很伤心………………………… 117
无论什么使我战栗的事………………………… 118
不惧冬风凛冽…………………………………… 119
造桥只要量着河身的阔度就成………………… 120
年轻人的爱情，都是见异思迁………………… 121
即使恋爱是盲目的……………………………… 122
希望神们把你变得诗意一点…………………… 124
圣洁的外表包覆着丑恶的实质………………… 125
一个死人也会思想……………………………… 126
每一个悲哀都有二十个影子…………………… 127
精灵们的车匠…………………………………… 128
临死遗言是深沉的音乐………………………… 130
美德的误用会变成罪过………………………… 131
什么都比不上厄运更能磨炼人………………… 133
赶走那妒忌的月亮……………………………… 135
妻子的堕落总是丈夫的过失…………………… 137
为什么你要怨恨天地…………………………… 139
她的热泪溶化了顽石的心……………………… 140
我并不喜爱这一种爱情………………………… 141
整个世界的荣华也不能诱动我………………… 142
名誉是灵魂里最切身的珍宝…………………… 144
你的希望永远在这儿埋葬了…………………… 145

去，可怕的影子！……………………146
从一场睡梦中醒来………………………147
一切都不过是儿戏………………………148
我要拿出男子汉的气概来………………149
注视着人类恶念的魔鬼们！……………150
丧钟敲响的时候…………………………151
明天，明天，再一个明天………………152
小人全都貌似忠良………………………153
只要你用神圣的语言……………………154
我只曾发誓和一个女人绝交……………155
我的爱情也像海一样深沉………………156
岁月偷走了春天的珍宝…………………157
晶莹的珍珠为什么会转眼失色…………158
把我如水的深情灌注下去………………159
我的爱如此情深义厚……………………160
你的美貌是永存的………………………161
青春生气勃勃，衰老无精打采…………162
世界上最无用的东西……………………163
美不过是作不得准的浮影………………164
我的心情是变化无常的天气……………165
勾引世人兴味的力量……………………166
你的残忍像无情的衰老一般……………167
有所自恃而失之于大意…………………168
人生就像善恶的丝线织成的布…………169
苦尽之后会有甘来………………………170
死是一个人免不了的结局………………171

我要和欺人的希望为敌……………………172
命运不愿小人永远得志……………………173
潜伏在它的胚胎之中………………………174
青春越浪费越容易消逝……………………175
天堂的门已经锁上了………………………176
女人必须服从男人是天经地义……………177
没碰见倒霉事，谁都会心平气和…………178
你要开玩笑就得留心我的脸色……………179
使身体阔气，还要靠心灵…………………180
我的爱人，不要离开我……………………182
最好的黄金经不起人手的磨损……………184
夜莺与云雀…………………………………185
痴心的留恋…………………………………188
劝君莫负艳阳天……………………………190
杀鹿的人好幸福……………………………191
为什么这里是一片荒碛……………………192
像风雪跟着严冬……………………………194
最真实的诗是最虚妄的……………………195
对杀人凶手讲慈悲就是鼓励杀人…………196
这一段相思永无消歇………………………197
太阳也惨得在云中躲闪……………………198
您既然知道您不能瞧见您自己……………199
我相信它们都是上天的示意………………200
哀求不能打动我的心………………………201
世人所知道的我，并不是实在的我………203
现在死去，才是最幸福的…………………205

套上了枷的奴隶……………………………206

带着你的美誉到天上去吧!………………207

干事业的人打瞌睡的工夫也没有…………208

拔去一个敌人就会使一个友人离心………209

不曾用过的美貌将随你走进坟墓…………210

让天姿国色沦为残花败絮…………………211

光彩照人的韶华也会转瞬即逝……………212

为什么你的音乐总是如此悲伤……………213

是不是担心寡妇的眼睛泪水盈眶…………214

你对自己都这样漠不关心…………………215

美和芳菲会把自己抛弃……………………216

把你的美貌交给另一个人来延续…………217

至真与至美将共同闪耀留传………………218

如果我能写出你的美目流盼………………219

你将永远拥有这俊美的容颜………………220

造物主让你把欢乐给女人…………………221

我若死去你也无法独活……………………222

太深太重的爱情已把我压倒………………223

我的眼睛画出你的像………………………224

使我配得上你甜蜜的恩宠…………………225

白昼把我的愁苦延长………………………226

干涸的双眼再度泪涌………………………227

她们把我的情意都交给你收藏……………228

容光只是那昙花一现………………………229

你的至爱眼中洒下的是明珠………………230

爱与恨总在我心中相互排挤………………231

愿人间至善至美都归你所有……………………232
做第十个缪斯吧………………………………233
我用甜美的情思来取悦时光…………………234
恋爱中的人都知道……………………………235
我的确对她有深深的爱………………………236
闭上眼睛时，看得最清晰……………………237
明眸和真心各得你的一半……………………238
谦谦君子也会成为扒手………………………239
为何爱你，我没有理由………………………240
什么马能赶得上我的情思……………………241
你在时欢乐便在………………………………242

当我每一眼看见你的时候

当你在我身边的时候,
黑夜也变成了清新的早晨。

除了你之外,
在这世上我不企望任何的伴侣;
除了你之外,
我的想象也不能再产生出一个可以使我喜爱的形象。

当我每一眼看见你的时候,
我的心就已经飞到你的身边,
甘心为你执役,
使我成为你的奴隶。

我是一个傻子,
听见了衷心喜欢的话就流起泪来!

——选自《暴风雨》

我的血气蒙蔽了清明的理性

苍天在上,我现在可再也遏制不住我的怒气了。
我的血气蒙蔽了清明的理性,
叫我只知道凭着冲动的感情行事。
我只要动一动,或是举一举这一只胳臂,
就可以叫你们中间最有本领的人在我的一怒之下丧失了
生命。
让我知道这一场可耻的骚扰是怎么开始的,
谁是最初肇起事端来的人;
要是证实了哪一个人是启衅的罪魁,
即使他是我的孪生兄弟,
我也不能放过他。

——选自《奥赛罗》

痛哭流涕反而伤害自己

眼看希望幻灭，厄运临头，
无可挽回，何必满腹牢愁？
为了既成的灾祸而痛苦，
徒然招惹出更多的灾祸。
既不能和命运争强斗胜，
还是付之一笑，安心耐忍。
聪明人遭盗窃毫不介意；
痛哭流涕反而伤害自己。

——选自《奥赛罗》

人的想法是会变化的

你可以疑心星星是火把；
你可以疑心太阳会移转；
你可以疑心真理是谎话；
可是我的爱永没有改变。

爱像一盏油灯，
灯芯烧枯以后，
它的火焰也会由微暗而至于消灭。
一切事情都不能永远保持良好，
因为过度的善反会摧毁它的本身，
正像一个人因充血而死去一样。

我们所要做的事，
应该一想到就做；
因为人的想法是会变化的，
有多少舌头、多少手、多少意外，
就会有多少犹豫、多少迟延。

那时候再空谈该做什么，
只不过等于聊以自慰的长吁短叹，
只能伤害自己的身体罢了。

——选自《爱的徒劳》

薄命的女郎

啊,让我再看看你的脸吧,薄命的女郎!
像你的衬衣一样惨白!我们在天庭对簿的时候,
你这一副脸色就可以把我的灵魂赶下天堂,
让魔鬼把它抓去。你的全身冰冷,我的恋人!
正像你的贞洁一样凛若寒霜。
啊,该死的、该死的奴才!
魔鬼啊,把我从这天仙一样美人的面前鞭逐出去吧!
让狂风把我吹卷、硫黄把我熏烤、沸汤的深渊
把我沉浸吧!
啊,苔丝狄蒙娜!苔丝狄蒙娜!死了!
啊!啊!啊!

——选自《奥赛罗》

来得太迟了的爱情

可是来得太迟了的爱情,
就像已经执行死刑以后方才送到的赦状,
不论如何后悔,
都没有法子再挽回了。

我们的粗心的错误,
往往不知看重我们自己所有的可贵事物,
直至丧失了它们以后,
方始认识它们的真价。

我们的无理的憎嫌,
往往伤害了我们的朋友,
然后再在他们的坟墓之前椎胸哀泣。
我们让整个白昼在憎恨中昏睡过去,
而当我们清醒转来以后,
再让我们的爱情因为看见已经铸成的错误而恸哭。

——选自《终成眷属》

把我浸没在贫困的泥沼里

要是上天的意思，
要让我受尽种种的折磨；
要是他用诸般的痛苦和耻辱降在我的毫无防卫的头上，
把我浸没在贫困的泥沼里，
剥夺我的一切自由和希望，
我也可以在我的灵魂的一隅之中，
找到一滴忍耐的甘露。
可是唉！在这尖酸刻薄的世上，
做一个被人戟指笑骂的目标！
就连这个，我也可以容忍；
可是我的心灵失去了归宿，
我的生命失去了寄托，
我的活力的源泉枯竭了，
变成了蛤蟆繁育生息的污池！
忍耐，你朱唇韶颜的天婴啊，
转变你的脸色，让它化成地狱般的狰狞吧。

——选自《奥赛罗》

那就不是真的爱情

你因为贫穷,所以是最富有的;
你因为被遗弃,所以是最可宝贵的;
你因为遭人轻视,所以最蒙我的怜爱。

我现在把你和你的美德一起攫在我的手里;
人弃我取是法理上所许可的。
天啊天!想不到他们的冷酷的蔑视,
却会激起我热烈的敬爱。

爱情里面要是掺杂了和它本身无关的算计,
那就不是真的爱情。

——选自《李尔王》

我们变成这样那样，全在于我们自己

我们变成这样那样，全在于我们自己。
我们的身体就像一座园圃，
我们的意志是这园圃里的园丁；
不论我们插荨麻、种莴苣、栽下牛膝草、拔起百里香，
或者单独培植一种草木，
或者把全园种得万卉纷披，
让它荒废不治也好，
把它辛勤耕垦也好，
那权力都在于我们的意志。

——选自《奥赛罗》

他就紧紧地捏住我的手

他就紧紧地捏住我的手,
嘴里喊,"啊,可爱的人儿!"
然后狠狠地吻着我,
好像那些吻是长在我的嘴唇上,
他恨不得把它们连根拔起一样;
然后他又把他的脚搁在我的大腿上,
叹一口气,亲一个吻,
喊一声:"该死的命运,把你给了那摩尔人!"

——选自《查理三世》

从今以后，永别了

啊！从今以后，永别了，宁静的心绪！
永别了，平和的幸福！
永别了，威武的大军、激发壮志的战争！
啊，永别了！
永别了，长嘶的骏马、锐厉的号角、
惊魂的鼙鼓、刺耳的横笛、庄严的大旗和
一切战阵上的威仪！
还有你，杀人的巨炮啊，
你的残暴的喉管里模仿着天神乔武的怒吼，
永别了！

——选自《奥赛罗》

你的姿色不断在我睡梦中萦绕

你美色无限，
真叫人夸也夸不完，
还求你包容，
给我充分时日来向你表白一番。
原是你的天姿国色惹起了这一切；
你的姿色不断在我睡梦中萦绕，
直叫我顾不得天下生灵，
只是一心想在你的酥胸边取得一刻温暖。

我怎能漠视美容香腮受到摧残；
有我在身边就不会容许你加以毁损：
正如太阳照耀大地，
鼓舞世人，
你的美色就是我的白昼和生命。
我是多么爱你，
恨不得马上把你的灵魂送归天国，
单看上天是否有意收下我这份礼物。

——选自《查理三世》

我要杀死你，然后再爱你

只是为了这一个原因，只是为了这一个原因，我的灵魂！
纯洁的星星啊，让我不要向你们说出它的名字！
只是为了这一个原因……可是我不愿溅她的血，
也不愿毁伤她那比白雪更皎洁、比石膏更腻滑的肌肤。
可是她不能不死，否则她将要陷害更多的男子。
让我熄灭了这一盏灯，然后我就熄灭你的生命的火焰。
融融的灯光啊，我把你吹熄以后，
要是我心生后悔，仍旧可以把你重新点亮；
可是你，造化最精美的形象啊，
你的火焰一旦熄灭，
我不知道什么地方有那天上的神火，
能够燃起你的原来的光彩！我摘下了蔷薇，
就不能再给它已失的生机，
只好让它枯萎凋谢；

当它还在枝头的时候，我要嗅一嗅它的芳香。
（吻苔丝狄蒙娜）
啊，甘美的气息！你几乎诱动公道的心，
使她折断她的利剑了！再一个吻，再一个吻。
愿你到死都是这样；
我要杀死你，然后再爱你。

再一个吻,这是最后的一吻了;
这样销魂,却又是这样无比的惨痛!
我必须哭泣,然而这些是无情的眼泪。
这阵阵悲伤是神圣的,
因为它惩罚的正是它的最爱。

——选自《奥赛罗》

爱比杀人重罪更难隐藏

唉!他嘴角的轻蔑和怒气,
冷然的神态可多么美丽!
爱比杀人重罪更难隐藏;
爱的黑夜有中午的阳光。
西萨里奥,凭着春日蔷薇,
贞操、忠信与一切,我爱你,
这样真诚,不顾你的骄傲,
理智拦不住热情的宣告。
别以为我这样向你求情,
你就可以无须再献殷勤;
须知求得的爱虽费心力,
不劳而获的更应该珍惜。

——选自《第十二夜》

一个有福的灵魂

你越把它遏制,它越燃烧得厉害。
你知道汩汩的轻流如果遭遇障碍就会激成怒湍;
可是它的路程倘使顺流无阻,
它就会在光润的石子上弹奏柔和的音乐,
轻轻地吻着每一根在它巡礼途中的芦苇,
以这种游戏的心情经过许多曲折的路程,
最后到达辽阔的海洋。

所以让我去,不要阻止我吧;
我会像一道耐心的轻流一样,
忘怀长途跋涉的辛苦,
一步步挨到爱人的门前,
然后我就可以得到休息。
就像一个有福的灵魂,
在经历无数的磨折以后,
永息在幸福的天国里一样。

——选自《维洛那二绅士》

她因相思而憔悴

她从来不向人诉说她的爱情,
让隐藏在内心中的抑郁像蓓蕾中的蛀虫一样,
侵蚀着她的绯红的脸颊;
她因相思而憔悴,疾病和忧愁折磨着她,
像是墓碑上刻着的"忍耐"的化身,
默坐着向悲哀微笑。这不是真的爱情吗?
我们男人也许更多话,更会发誓,
可是我们所表示的,总多于我们所决心实行的;
不论我们怎样山盟海誓,
我们的爱情总不过如此。

——选自《第十二夜》

在饥荒中因渴慕而憔悴

一个借着爱神之翼的女人,
当她飞向像普洛丢斯
那样亲爱、那样美好的爱人怀中去的时候,
尤其不会觉得路途的艰远。

你不知道他的目光
是我灵魂的滋养吗?
我在饥荒中因渴慕而憔悴,
已经好久了。
你要是知道一个人在恋爱中的内心的感觉,
你就会明白用空言来压遏爱情的火焰,
正像雪中取火一般无益。

——选自《维洛那二绅士》

爱情是这样充满了意象

假如音乐是爱情的食粮，那么奏下去吧；
尽量地奏下去，
好让爱情因过饱噎塞而死。
又奏起这个调子来了！它有一种渐渐消沉下去的节奏。
啊！它经过我的耳畔，
就像微风吹拂一丛紫罗兰，发出轻柔的声音，
一面把花香偷走，一面又把花香分送。
够了！别再奏下去了！
它现在已经不像原来那样甜蜜了。
爱情的精灵呀！你是多么敏感而活泼；
虽然你有海一样的容量，
可是无论怎样高贵超越的事物，
一进了你的范围，便会在顷刻间失去了它的价值。
爱情是这样充满了意象，
在一切事物中是最富于幻想的。

——选自《第十二夜》

为爱情而奔走的人

她的每一句冷酷的讥刺,
都可以使一个恋人心灰意懒;
可是她越是不理我的爱,
我越是像一头猎狗一样不愿放松她。
为爱情而奔走的人,
当他嫌跑得不够快的时候,
就会溜了去的。

——选自《维洛那二绅士》

我的爱就像饥饿的大海

女人的小小的身体一定受不住，
像爱情强加于我心中的那种激烈的搏跳；
女人的心没有这样广大，可以藏得下这许多；
她们缺少隐忍的能力。
唉，她们的爱就像一个人的口味一样，
不是从脏腑里，而是从舌尖上感觉到的，
过饱了便会食伤呕吐；
可是我的爱就像饥饿的大海，
能够消化一切。

——选自《第十二夜》

请在甜蜜的痛苦中记着我

要是你有一天和人恋爱了,
请在甜蜜的痛苦中记着我;
因为真心的恋人都像我一样,
在其他一切情感上都是轻浮易变,
但他所爱的人儿的影像,
却永远铭刻在他的心头。

——选自《第十二夜》

我愿意倾听你自己心底的妙曲

亲爱的姑娘，我叫不出你的芳名，
更不懂我的名姓怎会被你知道；
你绝俗的风姿，你天仙样的才情，
简直是地上的奇迹，无比的美妙。

好姑娘，请你开启我愚蒙的心智，
为我指导迷津，扫清我胸中云翳，
我是一个浅陋寡闻的凡夫下士，
解不出你玄妙神奇的微言奥义。
我这不敢欺人的寸心惟天可表，
你为什么定要我堕入五里雾中？
你是不是神明，要把我从头创造？

那么我愿意悉听摆布，唯命是从。
可是我并没有迷失了我的本性，
这一门婚事究竟是从哪里说起？
我与她素昧平生，哪里来的责任？
我的情丝却早已在你身上牢系。
你婉妙的清音就像鲛人的仙乐，
莫让我在你姊姊的泪涛里沉溺；

我愿意倾听你自己心底的妙曲,
迷醉在你黄金色的发浪里安息,
那灿烂的柔丝是我永恒的眠床,
把温柔的死乡当作幸福的天堂!

——选自《错误的喜剧》

再远的路我也会跟着你去

我抛不下你,
我的愿望比磨过的刀还要锐利地驱迫着我。
虽然为了要看见你,
再远的路我也会跟着你去;
可并不全然为着这个理由;
我担心你在这些地方是个陌生人,
路上也许会碰到些什么;
一路没人领导没有朋友的异乡客。出门总有许多不方便。
我的诚心的爱,
再加上这样使我忧虑的理由,
迫使我来追赶你。

——选自《第十二夜》

我把我自己跟您交换

静默是表示快乐的最好的方法；
要是我能够说出我的心里多么快乐，
那么我的快乐只是有限度的。
您现在既然已经属于我，
我也就是属于您的了；
我把我自己跟您交换，
我要把您当作瑰宝一样珍爱。

要是你不知道说些什么话好，
你就用一个吻堵住他的嘴，
让他也不要说话。

——选自《无事生非》

鬼神都在鞭策我复仇

好，上帝和你们同在！
现在我只剩一个人了。
啊，我是一个多么不中用的蠢材！
这一个伶人不过在一本虚构的故事、
一场激昂的幻梦之中，
却能够使他的灵魂融化在他的意象里，
在它的影响之下，他的整个的脸色变成惨白，
他的眼中洋溢着热泪，他的神情流露着仓皇，
他的声音是这么呜咽凄凉，
他的全部动作都表现得和他的意象一致，
这不是极其不可思议的吗？
而且一点也不为了什么！
为了赫卡柏！
赫卡柏对他有什么相干，他对赫卡柏又有什么相干，
他却要为她流泪？
要是他也有了像我所有的那样使人痛心的理由，
他将要怎样呢？
他一定会让眼泪淹没了舞台，
用可怖的字句震裂了听众的耳朵。
使有罪的人发狂，使无罪的人惊骇，
使愚昧无知的人惊惶失措，

使所有的耳目迷乱了它们的功能。
可是我,
一个糊涂的家伙,垂头丧气,
一天到晚像在做梦似的,忘记了杀父的大仇;
虽然一个国王给人家用万恶的手段掠夺了权位,
杀害了他的最宝贵的生命,
我却始终哼不出一句话来。我是一个懦夫吗?
谁骂我恶人?谁敲破我的脑壳?
谁拔去我的胡子,把它吹在我的脸上?
谁扭我的鼻子?谁当面指斥我胡说?
谁对我做这种事?
嘿!
我应该忍受这样的侮辱,
因为我是一个没有心肝、逆来顺受的怯汉,
否则我早已用这奴才的尸肉,
喂肥了满天盘旋的乌鸢了。
嗜血的、荒淫的恶贼!
狠心的、奸诈的、淫邪的、悖逆的恶贼!

啊!复仇!
嗨,我真是个蠢材!
我的亲爱的父亲被人谋杀了,
鬼神都在鞭策我复仇,
我这做儿子的却像一个下流女人似的,只会用空言发发牢骚,
学起泼妇骂街的样子来,在我已经是了不得的了!

呸！呸！
活动起来吧，我的脑筋！

——选自《哈姆雷特》

人类不能使我发生兴趣

我近来不知为了什么缘故，
一点兴致都提不起来，
什么游乐的事都懒得过问；
在这一种抑郁的心境之下，
仿佛负载万物的大地，
这一座美好的框架，只是一个不毛的荒岬；
这个覆盖众生的苍穹，这一顶壮丽的帐幕，
这个金黄色的火球点缀着的庄严的屋宇，
只是一大堆污浊的瘴气的集合。
人类是一件多么了不得的杰作！
多么高贵的理性！多么伟大的力量！
多么优美的仪表！多么文雅的举动！
在行为上多么像一个天使！在智慧上多么像一个天神！
宇宙的精华！万物的灵长！
可是在我看来，这一个泥土塑成的生命算得了什么？
人类不能使我发生兴趣；
不，女人也不能使我发生兴趣，
虽然从你现在的微笑之中，
我可以看到你在这样想。

——选自《哈姆雷特》

像死亡一样黑暗的心胸

在这贪污的人世，
罪恶的镀金的手也许可以把公道推开不顾，
暴徒的赃物往往成为枉法的贿赂；
可是天上却不是这样的，
在那边一切都无可遁避，
任何行动都要显现它的真相，
我们必须当面为我们自己的罪恶作证。
那么怎么办呢？
还有什么法子好想呢？
试一试忏悔的力量吧。
什么事情是忏悔所不能做到的？
可是对于一个不能忏悔的人，它又有什么用呢？
啊，不幸的处境！
啊，像死亡一样黑暗的心胸！
啊，越是挣扎，越是不能脱身地胶住了的灵魂！
救救我，天使们！
试一试吧：屈下来，顽强的膝盖；
钢丝一样的心弦，变得像新生之婴的筋肉一样柔嫩吧！
但愿一切转祸为福！

——选自《哈姆雷特》

请不要以我的泪作你的镜子

旭日不曾以如此温馨的蜜吻
给予蔷薇上晶莹的黎明清露,
有如你的慧眼以其灵辉耀映
那淋下在我颊上的深宵残雨;
皓月不曾以如此璀璨的光箭
穿过深海里透明澄澈的波心,
有如你的秀颜照射我的泪点,
一滴滴荡漾着你冰雪的精神。

每一颗泪珠是一辆小小的车,
载着你在我的悲哀之中驱驰;
那洋溢在我睫下的朵朵水花,
从忧愁里映现你胜利的荣姿;
请不要以我的泪作你的镜子,
你顾影自怜,我将要永远流泪。
啊,倾国倾城的仙女,你的颜容
使得我搜索枯肠也感觉词穷。

——选自《爱的徒劳》

谁料过去的繁华，变作今朝的泥土

啊，一颗多么高贵的心是这样陨落了！
朝臣的眼睛，学者的辩舌，军人的利剑，国家所瞩望的一朵娇花；
时流的明镜，人伦的雅范，举世瞩目的中心，
这样无可挽回地陨落了！
我是一切妇女中间最伤心而不幸的，
我曾经从他音乐一般的盟誓中吮吸芬芳的甘蜜，
现在却眼看着他的高贵无上的理智，
像一串美妙的银铃失去了谐和的音调，
无比的青春美貌，在疯狂中凋谢！
啊！我好苦，
谁料过去的繁华，变作今朝的泥土！

——选自《哈姆雷特》

她不需要夸大的辞藻

倘不是为了我的爱人,
白昼都要失去它的光亮。
她的娇好的颊上集合着一切出众的美点,
她的华贵的全身找不出丝毫缺陷。

借给我所有辩士们的生花妙舌——
啊,不!她不需要夸大的辞藻;
待沽的商品才需要赞美,
任何赞美都比不上她自身的美妙。

形容枯瘦的一百岁的隐士,
看了她一眼会变成五十之翁;
美貌是一服换骨的仙丹,
它会使扶杖的衰龄返老还童。
啊!她就是太阳,万物都被她照耀得灿烂生光。

——选自《爱的徒劳》

拭去一切琐碎愚蠢的记录

天上的神明啊！地啊！再有什么呢？
我还要向地狱呼喊吗？啊，呸！忍着吧，忍着吧，
我的心！
我的全身的筋骨，不要一下子就变成衰老，
支持着我的身体呀！记着你！
是的，我可怜的亡魂，
当记忆不曾从我这混乱的头脑里消失的时候，
我会记着你的。
记着你！是的，我要从我的记忆的碑板上，
拭去一切琐碎愚蠢的记录，
一切书本上的格言，一切陈言套语，一切过去的印象，
我的少年的阅历所留下的痕迹，
只让你的命令留在我的脑筋的书卷里，
不掺杂一些下贱的废料；
是的，上天为我作证！

——选自《哈姆雷特》

胜利既已入你怀抱

爱情的火在眼睛里点亮,
凝视是爱情生活的滋养,
它的摇篮便是它的坟堂。
让我们把爱的丧钟鸣响。

你选择不凭着外表,
果然给你直中鹄心!
胜利既已入你怀抱,
你莫再往别处追寻。
这结果倘使你满意,
就请接受你的幸运,
赶快回转你的身体,
给你的爱深深一吻。

温柔的纶音!美人,请恕我大胆,(吻鲍西娅)
我奉命来把彼此的深情交换。
像一个夺标的健儿驰骋身手,
耳旁只听见沸腾的人声如吼,
虽然明知道胜利已在他手掌,
却不敢相信人们在向他赞赏。
绝世的美人,我现在神眩目晕,

仿佛闯进了一场离奇的梦境；
除非你亲口证明这一切是真，
我再也不相信我自己的眼睛。

——选自《威尼斯商人》

虽然我的愿望像决心一样强烈

我的罪恶的戾气已经上达于天；
我的灵魂上负着一个元始以来最初的咒诅，
杀害兄弟的暴行！我不能祈祷，
虽然我的愿望像决心一样强烈；
我的更坚强的罪恶击败了我的坚强的意愿。
像一个人同时要做两件事情，
我因为不知道应该先从什么地方下手而徘徊歧途，
结果反弄得一事无成。
要是这一只可咒诅的手上染满了一层比它本身还厚的兄弟的血，
难道天上所有的甘霖，
都不能把它洗涤得像雪一样洁白吗？
慈悲的使命，
不就是宽恕罪恶吗？
祈祷的目的，不是一方面预防我们的堕落，
一方面救拔我们于已堕落之后吗？
那么我要仰望上天；我的过失已经犯下了。可是唉！
哪一种祈祷才是我所适用的呢？

——选自《哈姆雷特》

灿烂自生光

不惧黄昏近，
但愁白日长；
翩翩书记俊，
今夕喜同床。
金环束指间，
灿烂自生光，
唯恐娇妻骂，
莫将弃道旁。

——选自《威尼斯商人》

想不到居然会有这种事情

啊,但愿这一个太坚实的肉体会融解、消散,
化成一堆露水!
或者那永生的真神未曾制定禁止自杀的律法!
上帝啊!上帝啊!
人世间的一切在我看来是多么可厌、陈腐、乏味而无聊!
哼!哼!那是一个荒芜不治的花园,
长满了恶毒的莠草。
想不到居然会有这种事情!
刚死了两个月!不,两个月还不满!
这样好的一个国王,比起当前这个来,
简直是天神和丑怪;这样爱我的母亲,
甚至于不愿让天风吹痛了她的脸。天地呀!
我必须记着吗?嘿,她会偎倚在他的身旁,
好像吃了美味的食物,格外促进了食欲一般;
可是,只有一个月的时间,
我不能再想下去了!脆弱啊,你的名字就是女人!
短短的一个月以前,
她哭得像个泪人儿似的,
送我那可怜的父亲下葬;
她在送葬的时候所穿的那双鞋子还没有破旧,
她就,她就——

上帝啊！
一头没有理性的畜生也要悲伤得长久一些——她就嫁给我的叔父，
我的父亲的弟弟，可是他一点不像我的父亲，
正像我一点不像赫拉克勒斯一样。只有一个月的时间，
她那流着虚伪之泪的眼睛还没有消去红肿，
她就嫁了人了。啊，罪恶的匆促，
这样迫不及待地钻进了乱伦的衾被！
那不是好事，也不会有好结果；
可是碎了吧。我的心，因为我必须噤住我的嘴！

——选自《哈姆雷特》

我记得我在恋爱的时候

虽然在你年轻的时候,
你也像那些半夜三更在枕上翻来覆去的
情人们一样真心。
可是假如你的爱情也跟我的差不多——
我想一定没有人会有我那样的爱情——
那么你为了你的痴心梦想,
一定做出过不知多少可笑的事情呢!

那么你就是不曾诚心爱过。
假如你记不得你为了爱情而做出来的一
件最琐细的傻事,
你就不算真的恋爱过。
假如你不曾像我现在这样坐着絮絮讲你
的姑娘的好处,
使听的人不耐烦,
你就不算真的恋爱过。
假如你不曾突然离开你的同伴,
像我的热情现在驱使着我一样,
你也不算真的恋爱过。

我记得我在恋爱的时候,

曾经把一柄剑在石头上摔断，
叫夜里来和琴·史美尔幽会的那个家伙留心着我；
我记得我曾经吻过她的洗衣棒，
也吻过被她那双皲裂的玉手挤过的母牛乳头；
我记得我曾经把一颗豌豆荚权当作她而向她求婚，
我剥出了两颗豆子，
又把它们放进去，
边流泪边说，
"为了我的缘故，请您留着作个纪念吧。"

——选自《皆大欢喜》

不敢向我们所不知道的痛苦飞去

生存还是毁灭，这是一个值得考虑的问题；
默然忍受命运的暴虐的毒箭，
或是挺身反抗人世的无涯的苦难，通过斗争把它们扫清，
这两种行为，哪一种更高贵？
死了，睡着了；
什么都完了，要是在这一种睡眠之中，
我们心头的创痛，以及其他无数血肉之躯所不能避免的打击，
都可以从此消失，那正是我们求之不得的结局。
死了，睡着了；
睡着了也许还会做梦；嗯，阻碍就在这儿：
因为当我们摆脱了这一具腐朽的皮囊以后，
在那死的睡眠里，究竟将要做些什么梦，
那不能不使我们踌躇顾虑。
人们甘心久困于患难之中，也就是为了这个缘故；
谁愿意忍受人世的鞭挞和讥嘲，
压迫者的凌辱，傲慢者的冷眼，
被轻蔑的爱情的惨痛，法律的迁延，
官吏的横暴和费尽辛勤所换来的小人的鄙视，
要是他只要用一柄小小的刀子，
就可以清算他自己的一生，

谁愿意负着这样的重担,
在烦劳的生命的压迫下呻吟流汗,
倘不是因为惧怕不可知的死后,
惧怕那从来不曾有一个旅人回来过的神秘之国,
是它迷惑了我们的意志,
使我们宁愿忍受目前的折磨,
不敢向我们所不知道的痛苦飞去?
这样,重重的顾虑使我们全变成了懦夫,
决心的赤热的光彩,
被审慎的思维盖上了一层灰色,
伟大的事业在这一种考虑之下,也会逆流而退,
失去了行动的意义。

——选自《哈姆雷特》

恋爱的使者应当是思想

恋爱的使者应当是思想,
因为它比驱散山坡上的阴影的太阳光还要快十倍;
所以维纳斯的云车是用白鸽驾驶的,
所以凌风而飞的丘匹德生着翅膀。

现在太阳已经升上中天,
从九点钟到十二点钟是三个很长的钟点,
可是她还没有回来。
要是她是个有感情、有温暖的青春的血液的人,
她的行动一定会像球儿一样敏捷,
我用一句话就可以把她抛到我的心爱的情人那里,
他也可以用一句话把她抛回到我这里。

——选自《罗密欧与朱丽叶》

逆运也有它的好处

冬天的寒风张舞着冰雪的爪牙，
发出暴声的呼啸，
即使当它砭刺着我的身体，
使我冷得发抖的时候，我也会微笑着说：
"这不是谄媚啊，它们就像是忠臣一样，
谆谆提醒我所处的地位。"
逆运也有它的好处，
就像丑陋而有毒的蟾蜍，
它的头上却顶着一颗珍贵的宝石。
我们的这种生活，虽然远离尘嚣，
却可以听树木的谈话，溪中的流水便是大好的文章，
一石之微，也暗寓着教训；
每一件事物中间，都可以找到些益处来。
我不愿改变这种生活。

——选自《皆大欢喜》

他的羽镞已经穿透我的胸膛

要是我看见了他以后,
能够发生好感,
那么我是准备喜欢他的。
可是我的眼光的飞箭,
倘然没有得到您的允许,
是不敢大胆发射出去的呢。

他的羽镞已经穿透我的胸膛,
我不能借着他的羽翼高翔;
他束缚住了我整个的灵魂,
爱的重担压得我向下坠沉,
跳不出烦恼去。

爱是一件温柔的东西,
要是你拖着它一起沉下去,
那未免太难为它了。
要是爱情虐待了你,
你也可以虐待爱情;
它刺痛了你,
你也可以刺痛它;
这样你就可以战胜了爱情。

——选自《罗密欧与朱丽叶》

让贞操像蜡一样融化了吧

你有眼睛吗?
你甘心离开这一座大好的高山,
靠着这荒野生活吗?
嘿! 你有眼睛吗?
你不能说那是爱情, 因为在你的年纪,
热情已经冷淡下来, 变驯服了,
肯听从理智的判断;
什么理智愿意从这么高的地方,
降落到这么低的所在呢?
知觉你当然是有的,
否则你就不会有行动,
可是你那知觉也一定已经麻木了,
因为就是疯人也不会犯那样的错误,
无论怎样丧心病狂,
总不会连这样悬殊的差异都分辨不出来。
那么是什么魔鬼蒙住了你的眼睛,
把你这样欺骗呢?
有眼睛而没有触觉, 有触觉而没有视觉,
有耳朵而没有眼或手, 只有嗅觉而别的什么都没有,
甚至只剩下一种官觉还出了毛病,
也不会糊涂到你这步田地。

羞啊！你不觉得惭愧吗？
要是地狱中的孽火可以在一个中年妇人的骨髓里煽起了
蠢动，那么在青春的烈焰中，
让贞操像蜡一样融化了吧。
当无法阻遏的情欲大举进攻的时候，
用不着喊什么羞耻了，
因为霜雪都会自动燃烧，
理智都会做情欲的奴隶呢。

——选自《哈姆雷特》

借着爱的轻翼飞过园墙

我借着爱的轻翼飞过院墙,
因为砖石的墙垣是不能把爱情阻隔的;
爱情的力量所能够做到的事,
它都会冒险尝试,
所以我不怕你家里人的干涉。

朦胧的夜色可以替我遮过他们的眼睛。
只要你爱我,
就让他们瞧见我吧;
与其因为得不到你的爱情而在这世上捱命,
还不如在仇人的刀剑下丧生。

爱情怂恿我探听出这一个地方;
他替我出主意,
我借给他眼睛。
我不会操舟驾舵,
可是倘使你在辽远辽远的海滨,
我也会冒着风波寻访你这颗珍宝。

——选自《罗密欧与朱丽叶》

真正的伟大不是轻举妄动

一个人要是把生活的幸福和目的，
只看作吃吃睡睡，他还算是个什么东西？
简直不过是一头畜生！
上帝造下我们来，
使我们能够这样高谈阔论，瞻前顾后，
当然要我们利用他所赋予我们的这一种能力和灵明的理智，不让它们白白废掉。
现在我明明有理由、有决心、有力量、有方法，
可以动手干我所要干的事，
可是我还是在大言不惭地说："这件事需要做。"
可是始终不曾在行动上表现出来；
我不知道这是因为像鹿豕一般的健忘呢，
还是因为三分怯懦一分智慧过于审慎的顾虑。
像大地一样显明的榜样都在鼓励我；
瞧这一支勇猛的大军，
领头的像一个娇美的少年王子。
勃勃的雄心振起了他的精神，
使他蔑视不可知的结果，
为了区区一块弹丸大小的不毛之地，拼着血肉之躯，
去向命运、死亡和危险挑战。
真正的伟大不是轻举妄动，

而是在荣誉遭遇危险的时候，
即使为了一根稻秆之微，也要慷慨力争。
可是我的父亲给人惨杀，我的母亲给人污辱，
我的理智和感情都被这种不共戴天的大仇所激动，
我却因循隐忍，一切听其自然，
看着这两万人为了博取一个空虚的名声，
视死如归地走下他们的坟墓里去，
目的只是争夺一方还不够给他们作战场或者埋骨之所的
土地，相形之下，我将何地自容呢？
啊！从这一刻起，
让我摒除一切的疑虑妄念，
把流血的思想充满在我的脑际！

——选自《哈姆雷特》

美貌便是她巨大的财富

丘匹德的金箭不能射中她的心；
她有狄安娜女神的圣洁，
不让爱情稚弱的弓矢损害她的坚不可破的贞操。
她不愿听任深怜密爱的词句把她包围，
也不愿让灼灼逼人的眼光向她进攻，
更不愿接受可以使圣人动心的黄金的诱惑；
啊！美貌便是她巨大的财富，
只可惜她一死以后，
她的美貌也要化为黄土！

——选自《罗密欧与朱丽叶》

一个人的一生中扮演着好几个角色

全世界是一个舞台,
所有的男男女女不过是一些演员;
他们都有下场的时候,也都有上场的时候。
一个人的一生中扮演着好几个角色,
他的表演可以分为七个时期。最初是婴孩,
在保姆的怀中啼哭呕吐。
然后是背着书包、满脸红光的学童,
像蜗牛一样慢腾腾地拖着脚步,
不情愿地呜咽着上学堂。
然后是情人,像炉灶一样叹着气,
写了一首悲哀的诗歌咏着他恋人的眉毛。
然后是一个军人,
满口发着古怪的誓,胡须长得像豹子一样,
爱惜着名誉,动不动就要打架,
在炮口上寻求着泡沫一样的荣名。
然后是法官,
胖胖圆圆的肚子塞满了阉鸡,
凛然的眼光,整洁的胡须,
满嘴都是格言和老生常谈;
他这样扮了他的一个角色。
第六个时期变成了精瘦的趿着拖鞋的

龙钟老叟,
鼻子上架着眼镜,腰边悬着钱袋;
他那年轻时节省下来的长袜子套在
他皱瘪的小腿上显得宽大异常;
他那朗朗的男子的口音又变成了孩子
似的尖声,
像是吹着风笛和哨子。
终结着这段古怪的多事的历史的最后一场,
是孩提时代的再现,全然的遗忘,
没有牙齿,没有眼睛,没有口味,没有一切。

——选自《皆大欢喜》

充实的思想不在于言语的富丽

充实的思想不在于言语的富丽；
只有乞儿才能够计数他的家私。
真诚的爱情充溢在我的心里，
我无法估计自己享有的财富。

——选自《罗密欧与朱丽叶》

我的忧愁全然是我独有的

我没有学者的忧愁,那是好胜;
也没有音乐家的忧愁,那是幻想;
也没有侍臣的忧愁,那是骄傲;
也没有军人的忧愁,那是野心;
也没有律师的忧愁,那是狡猾;
也没有女人的忧愁,那时挑剔;
也没有情人的忧愁,那是集上面一切之大成。
我的忧愁全然是我独有的,
它是由各种成分组成的,
是从许多事物中提炼出来的,
是我旅行中所得到的各种观感,
因为不断沉思,
终于把我笼罩在一种十分古怪的悲哀之中。

——选自《皆大欢喜》

不太热烈的爱情，才会久远

这种狂暴的快乐
将会产生狂暴的结局，
正像火和火药的亲吻，
就在最得意的一刹那烟消云散。
最甜的蜜糖
可以使味觉麻木；
不太热烈的爱情
才会维持久远。
太快和太慢，
结果都不会圆满。

——选自《罗密欧与朱丽叶》

我的爱情是这样圣洁而完整

我的爱情是这样圣洁而完整,
我又是这样不蒙眷顾,
因此只要能够拾些人家收获过后留下来的残穗,
我也以为是一次最丰富的收成了;
随时略微给我一个不经意的微笑,
我就可以靠着它活命。

——选自《罗密欧与朱丽叶》

真正的爱情

真正的爱情,
所走的道路永远是崎岖多阻;
不是因为血统的差异——
或者,即使彼此两情悦服,
但战争、死亡或疾病却侵害着它,
使它像一个声音、一片影子、一段梦、黑夜中
的一道闪电那样短促,
在一刹那间展现了天堂和地狱,
但还来不及说一声"瞧啊!"
黑暗早已张开口把它吞噬了。
光明的事物,总是那样很快地变成了混沌。

——选自《仲夏夜之梦》

我要在一片片树皮上镂刻下相思

悬在这里吧,我的诗,证明我的爱情;
你三重王冠的夜间的女王,请临视,
从苍白的昊天,用你那贞洁的眼睛,
那支配我生命的,你那猎伴的名字。
啊,罗瑟琳!这些树林将是我的书册,
我要在一片片树皮上镂刻下相思,
好让每一个来到此间的林中游客,
任何处见得到颂赞她美德的言辞。
走,走,奥兰多,去在每株树上刻上伊,
那美好的、幽娴的、无可比拟的人儿。

——选自《皆大欢喜》

爱情！深入一切事物的中心

爱情！你深入一切事物的中心；
你会把不存在的事实变成可能，
而和梦境互相沟通；——
怎么会有这种事呢？——
你能和伪妄合作，和空虚联络，
难道便不会和实体发生关系吗？
这种事情已经无忌惮地发生了，
我已经看了出来，
使我痛心疾首。

——选自《冬天的故事》

我不责怪你们的无情

尽管轰着吧！尽管吐你的火舌，尽管喷你的雨水吧！
雨、风、雷、电，都不是我的女儿，
我不责怪你们的无情；
我不曾给你们国土，不曾称你们为我的孩子，
你们没有顺从我的义务。所以，随你们的高兴，
降下你们可怕的威力来吧，
我站在这儿，只是你们的奴隶，
一个可怜的、衰弱的、无力的、遭人贱视的老头子。
可是我仍然要骂你们是卑劣的帮凶，
因为你们滥用上天的威力，
帮同两个万恶的女儿来跟我这个白发的老翁作对。
啊！啊！这太卑劣了！

——选自《李尔王》

千万别不相信我的海誓山盟

好姑娘，只求你对我略加怜悯，
千万别不相信我的海誓山盟，
那些话还从不曾出我口中，
因为我多次拒绝了爱情的筵席，
但我还从没请过人，除了你。

——选自《情女怨》

我要用我的眼泪和哭声震撼苍穹

哀号吧,哀号吧,哀号吧,哀号吧!
啊!你们都是些石头一样的人;
要是我有了你们的那些舌头和眼睛,
我要用我的眼泪和哭声震撼苍穹,
她是一去不回的了。
一个人死了还是活着,我是知道的;
她已经像泥土一样死去。
借一面镜子给我;
要是她的气息还能够在镜面上呵起一层薄雾,
那么她还没有死。

——选自《李尔王》

因为你是一切

你是多么强大啊,听我告诉你,
所有那些属我所有的破碎的心,
把它们的泉源全倾入我的井里,
而我却一起向你的海洋倾进:
我使她们心动,你却使我醉心,
胜利归你,我们已全部被征服,
愿这复合的爱能医治你的冷酷。

我有幸使一颗神圣的明星动情,
她受过教养,追求着典雅的生活,
但一见到我便相信了她的眼睛,
什么誓言、神谕立即都全部忘却;
可是对于你,爱的神明,
任何誓约、誓愿或许诺全可以不加考虑,
因为你是一切,一切都属于你。

——选自《情女怨》

不要让忘恩负义的种子遗留在世上

吹吧,风啊!胀破了你的脸颊,猛烈地吹吧!
你,瀑布一样的倾盆大雨,尽管倒泻下来,
浸没了我们的尖塔,淹沉了屋顶上的风标吧!
你,思想一样迅速的硫磺的电火,
劈碎橡树的巨雷的先驱,
烧焦了我的白发的头颅吧!
你,震撼一切的霹雳啊,
把这生殖繁密的、饱满的地球击平了吧!
打碎造物的模型,
不要让一颗忘恩负义的人类的种子遗留在世上!

——选自《李尔王》

决不动手把你摘下花枝

有一天（啊，这倒霉的一天！）
爱情，原本常年欢欣无限，
却看到一株鲜花，无比灵秀，
在一片狂风中舞蹈、嬉游：
风儿穿过绿叶深处的小径，
无影无形地钻进了花蕊；
怀着醋意的爱情满心悲痛，
只恨自己不能也化作一阵风。

风啊，他说，你能够潜进花蕊，
风啊，但愿我也能如此幸运！
可是，天哪，我曾经立下宏誓，
决不动手把你摘下花枝：
少年郎随便发誓，实在太傻，
少年郎，如何禁得住不摘鲜花？

宙斯如果有一天能见到你，
他会认为朱诺奇丑无比；
为了你他会不愿作天神，
为了得到你的爱，甘作凡人。

——选自《乐曲杂咏》

这一种爱可以使唇舌无能为力

父亲,我对您的爱,不是言语所能表达的,
我爱您胜过自己的眼睛、整个的空间和广大的自由,
超越一切可以估价的贵重稀有的事物,
不亚于赋有淑德、健康、美貌和荣誉的生命。
不曾有一个儿女这样爱过他的父亲,
也不曾有一个父亲这样被他的儿女所爱,
这一种爱可以使唇舌无能为力,辩才失去效用,
我爱您是不可以数量计算的。

——选自《李尔王》

我们将永远彼此一条心

请来和我同住，作我心爱的情人，
那我们就将永远彼此一条心，
共同尝尽高山、低谷、田野、丛林
和峻岭给人带来的一切欢欣。

在那里，我们将并肩坐在岩石上，
观看着牧人在草原上牧放牛羊，
或者在清浅的河边，侧耳谛听，
欣赏水边小鸟的动人的歌声。

在那里，我将用玫瑰花给你作床，
床头的无数题词也字字芬芳，
用鲜花给你作冠，为你做的衣裳，
上面的花朵全是带叶的郁金香；

腰带是油绿的青草和长春花藤，
用珊瑚作带扣，带上镶满琥珀花纹。
如果这些欢乐的确能使你动心，
就请你来和我同住，作我的情人。

情人的回答：
如果世界和爱情都还很年轻，
如果牧童嘴里的话确是真情，
这样一些欢乐可能会使我动心，
我也就愿和你同住，作你的情人。

——选自《乐曲杂咏》

与其被人在表面上恭维而背地里鄙弃

与其被人在表面上恭维而背地里鄙弃,
那么还是像这样自己知道为举世所不容的好。
一个最困苦、最微贱、最为命运所屈辱的人,
可以永远抱着希冀而无所恐惧;
从最高的地位上跌下来,那变化是可悲的,
对于穷困的人,命运的转机却能使他欢笑!
那么欢迎你——
跟我拥抱的空虚的气流;
被你刮得狼狈不堪的可怜虫并不少欠你丝毫情分。

——选自《李尔王》

却不敢把它吐出嘴唇

黑夜无论怎样悠长,
白昼总会到来的。

上帝饶恕我们一切世人!
留心照料她;
凡是可以伤害她自己的东西
全都要从她手边拿开;
随时看顾着她。
好,晚安!
她扰乱了我的心,
迷惑了我的眼睛。
我心里所想到的,
却不敢把它吐出嘴唇。

——选自《麦克白》

盛装艳饰并不能使你温暖

啊！不要跟我说什么需要不需要；
最卑贱的乞丐，也有他的不值钱的身外之物；
人生除了天然的需要以外，要是没有其他的享受，
那和畜类的生活有什么分别。
你是一位夫人，你穿着这样华丽的衣服，
如果你的目的只是为了保持温暖，
那就根本不合你的需要，
因为这种盛装艳饰并不能使你温暖。
可是，讲到真的需要，
那么天啊，给我忍耐吧，我需要忍耐！
神啊，你们看见我在这儿，一个可怜的老头子，
被忧伤和老迈折磨得好苦！
假如是你们鼓动这两个女儿的心，
使她们忤逆她们的父亲，那么请你们不要尽是愚弄我，
叫我默然忍受吧；让我的心里激起了刚强的怒火，
别让妇人所恃为武器的泪点玷污我的男子汉的面颊！
不，你们这两个不孝的妖妇，
我要向你们复仇，
我要做出一些使全世界惊怖的事情来，
虽然我现在还不知道我要怎么做。
你们以为我将要哭泣；

不，我不愿哭泣，
我虽然有充分的哭泣的理由，
可是我宁愿让这颗心碎成万片，
也不愿流下一滴泪来，啊，傻瓜！我要发疯了！

——选自《哈姆莱特》

把一切托付给不可知的力量

他叫狂风把大地吹下海里，
叫泛滥的波涛吞没了陆地，
使万物都变了样子或归于毁灭；
拉下他的一根根的白发，
让挟着盲目的愤怒的暴风把它们卷得不知去向；
在他渺小的一身之内，
正在进行着一场比暴风雨的冲突更剧烈的斗争。
这样的晚上，被小熊吸干了乳汁的母熊，
也躲着不敢出来，
狮子和饿狼都不愿沾湿它们的毛皮。
他却光秃着头在风雨中狂奔，
把一切托付给不可知的力量。

——选自《李尔王》

最大的不幸是独抱牢愁

做君王的不免如此下场,
使我忘却了自己的忧伤。
最大的不幸是独抱牢愁,
任何的欢娱兜不上心头;
倘有了同病相怜的伴侣,
天大痛苦也会解去一半。
国王有的是不孝的逆女,
我自己遭逢无情的严父,
他与我两个人一般遭际!
去吧,汤姆,忍住你的怨气,
你现在蒙着无辜的污名,
总有日回复你清白之身。
不管今夜里还会发生些什么事情,
王上总是安然出险了!

——选自《李尔王》

撕下你们包藏祸心的伪装

伟大的神灵在我们头顶掀起这场可怕的骚动。
让他们现在找到他们的敌人吧。战栗吧,
你尚未被人发觉、逍遥法外的罪人!
躲起来吧,你这杀人的凶手,
你这用伪誓欺人的骗子,你这道貌岸然的逆伦禽兽!
魂飞魄散吧,你用正直的外表遮掩杀人阴谋的大奸巨恶!
撕下你们包藏祸心的伪装,
显露你们罪恶的原形,
向这些可怕的天吏哀号乞命吧!
我是个并没有犯什么罪、却含冤负屈的人。

——选自《李尔王》

下流的人只喜欢下流的事

智慧和仁义在恶人眼中看来都是恶的；
下流的人只喜欢下流的事。你们干下了些什么事情？
你们是猛虎，不是女儿，你们干了些什么事啦？
这样一位父亲，这样一位仁慈的老人家，
一只野熊见了他也会俯首帖耳，
你们这些蛮横下贱的女儿，却把他激成了疯狂！
难道我那位贤襟兄竟会让你们这样胡闹吗？
他也是个堂堂汉子，一邦的君主，
又受过他这样的深恩厚德！
要是上天不立刻降下一些明显的灾祸来，
惩罚这种万恶的行为，
那么人类快要像深海的怪物一样自相吞食了。

——选自《李尔王》

什么大雨我都可以忍受

你以为让这样的狂风暴雨侵袭我们的肌肤，
是一件了不得的苦事；在你看来是这样的；
可是一个人要是身染重病，
他就不会感觉到小小的痛楚。
你见了一头熊就要转身逃走；
可是假如你的背后是汹涌的大海，
你就只好硬着头皮向那头熊迎面走去了。
当我们心绪宁静的时候，
我们的肉体才是敏感的；
我的心灵中的暴风雨已经取去我一切其他的感觉，
只剩下心头的热血在那儿搏动。儿女的忘恩！
这不就像这一只手把食物送进这一张嘴里，
这一张嘴却把这一只手咬了下来吗？
可是我要重重惩罚她们。
不，我不愿再哭泣了。在这样的夜里，
把我关在门外！尽管倒下来吧，什么大雨我都可以忍受。
在这样的一个夜里！

——选自《李尔王》

分一些你们享用不了的福泽给他们

衣不蔽体的不幸的人们,无论你们在什么地方,
都得忍受着这样无情的暴风雨的袭击,
你们的头上没有片瓦遮身,你们的腹中饥肠雷动,
你们的衣服千疮百孔,怎么抵挡得了这样的气候呢?啊!
我一向太没有想到这种事情了。安享荣华的人们啊,
睁开你们的眼睛来,替这些不幸的人们设身处地地想一想,
分一些你们享用不了的福泽给他们,
让上天知道你们不是全无心肝的人吧!

——选自《李尔王》

我的悲哀是凭空而来的

决不是什么意念；
意念往往会从某种悲哀中产生；
我的确不是这样，
因为我的悲哀是凭空而来的，
也许我空虚的悲哀有实际的根据，
等时间到了就会传递给我；
谁也不知道它的性质，
我也不能给它一个名字；
它是一种无名的悲哀。

——选自《麦克白》

你欺骗了我

把镜子给我，我要借着它阅读我自己。
还不曾有深一些的皱纹吗？
悲哀把这许多打击加在我的脸上，
却没有留下深刻的伤痕吗？啊，谄媚的镜子！
正像在我荣盛的时候跟随我的那些人们一样，
你欺骗了我。
这就是每天有一万个人托庇于他的广厦之下的那张脸吗？
这就是像太阳一般使人不敢仰视的那张脸吗？
这就是曾经"赏脸"给许多荒唐的愚行、最后却在波林
勃洛克之前黯然失色的那张脸吗？
一道脆弱的光辉闪耀在这脸上，
这脸儿也正像不可恃的荣光一般脆弱，
（以镜猛掷地上）
瞧它经不起用力一掷，就碎成片片了。

——选自《亨利四世》

畏惧并不能免于一死

聪明人决不袖手闲坐,嗟叹他们的不幸;
他们总是立刻起来,防御当前的祸患。
畏惧敌人徒然沮丧了自己的勇气,
也就是削弱自己的力量,增加敌人的声势,
等于让自己的愚蠢攻击自己。
畏惧并不能免于一死,战争的结果大不了也不过一死。
奋战而死,是以死亡摧毁死亡;
畏怯而死,却做了死亡的奴隶。

——选自《一报还一报》

伤口的腐烂疼痛最难忍受

啊！谁能把一团火握在手里，
想象他是在寒冷的高加索群山之上？
或者空想着一席美味的盛宴，
满足他的久饿的枵腹？
或者赤身在严冬的冰雪里打滚，
想象盛暑的骄阳正在当空晒炙？
啊，不！
美满的想象不过使人格外感觉到命运的残酷。
当悲哀的利齿只管咬人，却不能挖出病疮的时候，
伤口的腐烂疼痛最难忍受。

——选自《理查二世》

含着泪含着笑和你相会

我不能不喜欢它；
我因为重新站在我的国土之上，
快乐得流下泪来了。
亲爱的大地，虽然叛徒们用他们的铁骑践踏你，
我要向你举手致敬；
像一个和她的儿子久别重逢的母亲，
疼爱的眼泪里夹着微笑，
我也是含着泪含着笑和你相会，我的大地，
并且用我至尊的手抚爱着你。
不要供养你的君王的敌人，我的温柔的大地，
不要用你甘美的蔬果滋润他的饕餮的肠胃；
可是让那吮吸你的毒液的蜘蛛和臃肿不灵的虾蟆挡住他的去路，
螫刺那用僭逆的步伐践踏你的奸人的脚。
为我的敌人们多生一些刺人的荆棘；
当他们从你的胸前采下一朵鲜花的时候，
请你让一条蜷伏的毒蛇守卫它，
那毒蛇的双叉的舌头也许可以用致命的一触
把你君王的敌人杀死。

——选自《理查二世》

祝福那为我奏乐的人

嘿，嘿！不要错了拍子。美妙的音乐失去了合度的节奏，
听上去是多么可厌！
人们生命中的音乐也正是这样。
我的耳朵能够辨别一根琴弦上的错乱的节奏，
却听不出我的地位和时间已经整个失去了谐和。
我曾经消耗时间，现在时间却在消耗着我；
时间已经使我成为他的计时的钟；
我的每一个思想代表着每一分钟，
它的叹息代替了嘀嗒的声音，
一声声打进我的眼里；
那不断地揩拭着眼泪的我的手指，
正像钟面上的时针，指示着时间的进展；
那叩击我的心铃的沉重的叹息，便是报告时辰的钟声。
这样我用叹息、眼泪和呻吟代表一分钟、一点钟的时间，
可是我的时间在波林勃洛克的得意的欢娱中飞驰过去，
我却像一个钟里的机器人一样站在这儿，
替他无聊地看守着时间。
这音乐使我发疯，不要再奏下去吧，
因为虽然它可以帮助疯人恢复理智，
对于我却似乎能够使头脑清醒的人变成疯狂。
可是祝福那为我奏乐的人！

因为这总是好意的表示,
在这充满着敌意的世上,
好意对于理查是一件珍奇的宝物。

——选自《理查二世》

亲爱又亲爱的国土

这一个君王们的御座,
这一个统于一尊的岛屿,
这一片庄严的大地,
这一个战神的别邸,
这一个新的伊甸——地上的天堂,
这一个造化女神为了防御毒害和战祸的侵入而为她自己造下的堡垒,
这一个英雄豪杰的诞生之地,
这一个小小的世界,
这一个镶嵌在银色的海水之中的宝石,
这一个幸福的国土,
这一个英格兰,
这一个保姆,
这一个繁育着明君贤主的母体,
这一个像救世主的圣墓一样驰名、孕育着这许多伟大的灵魂的国土,
这一个声誉传遍世界、
亲爱又亲爱的国土,
现在却像一幢房屋、一块田地一般出租了——
我要在垂死之际,
宣布这样的事实。

英格兰，它的周遭是为汹涌的怒涛所包围着的，
它的岩石的崖岸击退海神的进攻，
现在却笼罩在耻辱、墨黑的污点和卑劣的契约之中；
那一向征服别人的英格兰，
现在已经可耻地征服了它自己。
啊！要是这耻辱能够随着我的生命同时消失，
我的死该是多么幸福！

——选自《理查二世》

真理往往是在痛苦呻吟中说出来的

啊!可是人家说,一个人的临死遗言,
就像深沉的音乐一般,
有一种自然吸引注意的力量;
到了奄奄一息的时候,
他的话决不会白费,
因为真理往往是在痛苦呻吟中说出来的。
一个从此以后不再说话的人,
他的意见总是比那些少年浮华之徒的甘言巧辩更能被人听取。
正像垂暮的斜阳、曲终的余奏和最后一口啜下的美酒留给人们最温馨的回忆一样,
一个人的结局也总是比他生前的一切格外受人注目。

——选自《理查二世》

不敢惊动那芬芳的花瓣

神圣的造化女神啊！
你在这两个王子的身上多么神奇地表现了你自己！
他们是像微风一般温柔，在紫罗兰花下轻轻拂过，
不敢惊动那芬芳的花瓣；
可是他们高贵的血液受到激怒以后，
就会像最粗暴的狂风一般凶猛，
他们的威力可以拔起岭上的松柏，
使它向山谷弯腰。
奇怪的是一种无形的本能居然会在他们身上构成
不学而得的尊严，
不教而具的正直，
他们的文雅不是范法他人，
他们的勇敢茁长在他们自己的心中，
就像不曾下过耕耘的功夫，却得到了丰盛的收获一般！

——选自《仲夏夜之梦》

戴上你们的帽子

谁也不准讲那些安慰的话儿，
让我们谈谈坟墓、蛆虫和墓碑吧；
让我们以泥土为纸，
用我们淋雨的眼睛在大地的胸膛上写下我们的悲哀；
让我们找几个遗产管理人，商议我们的遗嘱——可是这也不必，
因为我们除了把一具尸骸还给大地以外，
还有什么可以遗留给后人的？
我们的土地，我们的生命，一切都是波林勃洛克的，
只有死亡和掩埋我们骨骼的一抔黄土，
才可以算是属于我们自己的。
为了上帝的缘故，让我们坐在地上，
讲些关于国王们的死亡的悲惨的故事；
有些是被人废黜的，有些是在战场上阵亡的，
有些是被他们所废黜的鬼魂们缠绕着的，
有些是被他们的妻子所毒毙的，
有些是在睡梦中被杀的，全都不得善终；
因为在那围绕着一个凡世的国王头上的这顶空洞的王冠之内，
正是死神驻节的宫廷，这妖魔高坐在里边，
揶揄他的尊严，嘲笑他的荣华，

给他一段短短的呼吸的时间，让他在舞台上露一露脸，
使他君临万民，受尽众人的敬畏，一眨眼就可以置人于死命，
把妄自尊大的思想灌注他的心头，
仿佛这包藏着我们生命的血肉的皮囊，
是一堵不可摧毁的铜墙铁壁一样；
当他这样志得意满的时候，
却不知道他的末日已经临近眼前，
一枚小小的针就可以刺破他的壁垒，
于是再会吧，国王！
戴上你们的帽子；
不要把严肃的敬礼施在一个凡人的身上；
丢开传统的礼貌，仪式的虚文，
因为你们一向都把我认错了；
像你们一样，我也靠着面包生活，我也有欲望，
我也懂得悲哀，我也需要朋友；
既然如此，你们怎么能对我说我是一个国王呢？

——选自《理查二世》

美丽的万物都已醒来

听!听!云雀在天门歌唱,
旭日早在空中高挂,
天池的流水淙淙作响,
日神在饮他的骏马;
瞧那万寿菊倦眼慵抬,
睁开它金色的瞳睛:
美丽的万物都已醒来,
醒醒吧,亲爱的美人!
醒醒,醒醒!

——选自《辛白林》

无须向太阳敬礼

真好的天气!
像我们这样住在低矮的屋宇下的人,
要是深居不出,那才是辜负了天公的厚意。
弯下身子来,孩子们,
这一个洞门教你们怎样崇拜上天,
使你们在清晨的阳光之中,向神圣的造物者鞠躬致敬。
帝王的宫门是高敞的,
即使巨人们也可以高戴他们丑恶的头巾,从里面大踏步走出来,
而无须向太阳敬礼。晨安,你美好的苍天!
我们虽然住在崖窟之中,
却不像那些高楼大厦中的人们那样对你冷淡无情。

——选自《辛白林》

让我吻一吻那纯白的女王

啊,海伦!完美的女神!圣洁的仙子!
我要用什么来比并你的秀眼呢,我的爱人?
水晶是太昏暗了。啊,你的嘴唇,
那吻人的樱桃,瞧上去是多么成熟,多么诱人!
你一举起你那洁白的妙手,
被东风吹着的陶洛斯高山上的积雪,
就显得像乌鸦那么黯黑了。
让我吻一吻那纯白的女王,这幸福的象征吧!

——选自《仲夏夜之梦》

我怕我快要给快乐窒息而死了

一切纷杂的思绪、多心的疑虑、
鲁莽的绝望、战栗的恐惧、
酸性的猜忌,
多么快地烟消云散了!
爱情啊!
把你的狂喜节制一下,
不要让你的欢乐溢出界限,让你的情绪越过分寸;
你使我感觉到太多的幸福,请你把它减轻几分吧,
我怕我快要给快乐窒息而死了!

——选自《威尼斯商人》

你的眼睛是两颗明星

幸福的美丽啊！
你的眼睛是两颗明星，
你的甜蜜的声音比之小麦青青、山楂蓓蕾的时节送入牧人耳中的云雀之歌还要动听。
疾病是能染人的；唉！要是美貌也能传染的话，
美丽的赫米娅，我但愿染上你的美丽：
我要用我的耳朵捕获你的声音，
用我的眼睛捕获你的睇视，
用我的舌头捕获你那柔美的旋律。
要是除了狄米特律斯之外，整个世界都是属于我所有，
我愿意把一切捐弃，但求化身为你。

——选自《仲夏夜之梦》

我的温柔的女王

不要因为我的肤色而憎厌我；
我是骄阳的近邻，
我这一身黝黑的制服，便是它的威严的赐予。
给我在终年不见阳光、冰山、雪柱的极北找一个最白皙
姣好的人来，
让我们刺血查验对您的爱情，
看看究竟是他的血红还是我的血红。
我告诉你，小姐，我这副容貌曾经吓破了勇士的肝胆，
凭着我的爱情起誓，
我们国土里最有声誉的少女也曾为它害过相思。
我不愿变更我的肤色，
除非为了取得您的欢心，
我的温柔的女王！

——选自《威尼斯商人》

生命中隐藏着千万次的死亡

能够抱着必死之念，
那么活果然好，死也无所惶虑。
对于生命应作这样的譬解：
要是我失去了你，我所失去的，
只是一件愚人才会加以爱惜的东西。
你不过是一口气，
寄托在一个多灾多难的躯壳里，
受着一切天时变化的支配。
你不过是被死神戏弄的愚人，
逃避着死，结果却奔进他的怀里。
你并不高贵，因为你所有的一切配备，
都沾濡着污浊下贱。
你并不勇敢，
因为你畏惧着微弱的蛆虫的柔软的触角。
睡眠是你所渴慕的最好的休息，
可是死是永恒的宁静，
你却对它心惊胆裂。
你不是你自己，
因为你的生存全赖着泥土中所生的谷粒。
你并不快乐，
因为你永远追求着你所没有的事物，

而遗忘了你所已有的事物。
你并不固定，
因为你的脾气像月亮一样随时变化。
你即使富有，也和穷苦无异，
因为你正像一头不堪重负的驴子，
背上驮载着金块在旅途上跋涉，
直到死来替你卸下负荷。
你没有朋友，
因为即使是你的骨血，嘴里称你为父亲尊长。
心里也在诅咒着你不早早伤风发疹而死。
你没有青春也没有年老，
二者都只不过是你在餐后的睡眠中的一场梦景，
因为你在年轻的时候，
必须像一个衰老无用的人一样，
向你的长者乞讨赒济；
到你年老有钱的时候，
你的感情已经冰冷，
你的四肢已经麻痹，
你的容貌已经丑陋，
纵有财富，也享不到丝毫乐趣。
那么所谓生命这东西，
究竟有什么值得宝爱呢？
在我们的生命中隐藏着千万次的死亡，
可是我们对于结束一切痛苦的死亡却那样害怕。

——选自《一报还一报》

慈悲的力量高出于权力之上

慈悲不是出于勉强，
它是像甘霖一样从天上降下尘世；
它不但给幸福于受施的人，
也同样给幸福于施与的人；
它有超乎一切的无上威力，
比皇冠更足以显出一个帝王的高贵：
御杖不过象征着俗世的权威，
使人民对于君上的尊严凛然生畏；
慈悲的力量却高出于权力之上，
它深藏在帝王的内心，
是一种属于上帝的德性，
执法的人倘能把慈悲调剂着公道，
人间的权力就和上帝的神力没有差别。

——选自《威尼斯商人》

这是谁的神化之笔

美丽的鲍西娅的副本！这是谁的神化之笔，
描画出这样一位绝世的美人？
这双眼睛是在转动吗？
还是因为我的眼球在转动，
所以仿佛它们也在随着转动？她的微启的双唇，
是因为她嘴里吐出来的甘美芳香的气息而分裂的；
惟有这样甘美的气息才能分开这样甜蜜的朋友。
画师在描画她的头发的时候，一定曾经化身为蜘蛛，
织下了这么一个金丝的发网，来诱捉男子们的心；
哪一个男子见了它，
不会比飞蛾投入蛛网还快地陷下网罗呢？
可是她的眼睛！他怎么能够睁着眼睛把它们画出来呢？
他在画了一只眼睛以后，
我想它的逼人的光芒一定会使他自己目眩神夺，
再也描画不成其余的一只。
可是瞧，我用尽一切赞美的字句，还不能充分形容出这
一个画中幻影的美妙；
然而这幻影跟它的实体比较起来，又是多么望尘莫及！

——选自《威尼斯商人》

追求的兴致比享用的兴致浓烈

那是一定的道理。
谁在席终人散以后，
他的食欲还像初入座时候那么强烈？
哪一匹马在冗长的归途上，
会像它起程时那么长驱疾驰？世间的任何事物，
追求时候的兴致总要比享用时候的兴致浓烈。
一艘新下水的船只扬帆出港的当儿，
多么像一个娇美的少年，
给那轻狂的风儿爱抚搂抱！
可是等到它回来的时候，
船身已遭风日的侵蚀，船帆也变成了百结的破衲，
它又多么像一个落魄的浪子，给那轻狂的风儿肆意欺凌！

——选自《威尼斯商人》

天上明珠降落人间

啊！火炬远不及她的明亮；
她皎然悬在暮天的颊上，
像黑奴耳边璀璨的珠环；
她是天上明珠降落人间！
瞧她随着女伴进退周旋，
像鸦群中一只白鸽蹁跹。
我要等舞阑后追随左右，
握一握她那纤纤的素手。
我从前的恋爱是假非真，
今晚才遇见绝世的佳人！

——选自《罗密欧与朱丽叶》

愈轻浮的女人，脂粉愈重

外观往往和事物的本身完全不符，
世人却容易为表面的装饰所欺骗。
在法律上，
哪一件卑鄙邪恶的陈诉，
不可以用娓娓动听的言词掩饰它的罪状？
在宗教上，
哪一桩罪大恶极的过失不可以引经据典，文过饰非，
证明它的确上合天心？
任何彰明昭著的罪恶，
都可以在外表上装出一副道貌岸然的样子。
多少没有胆量的懦夫，
他们的心其实软弱得就像下不去脚的流沙，
他们的肝如果剖出来看一看，
大概比乳汁还要白，
可是他们的颊上却长着天神一样威武的虬髯？
人家只看着他们的外表，
也就居然把他们当做英雄一样看待！
再看那些世间所谓美貌吧，
那是完全靠着脂粉装点出来的，
愈是轻浮的女人，所涂的脂粉也愈重；
至于那些随风飘扬像蛇一样的金丝鬈发，

看上去果然漂亮,
不知道却是从坟墓中死人的骷髅上借来的。
所以装饰不过是一道把船只诱进凶涛险浪的怒海中去的
陷人的海岸,
又像是遮掩着一个黑丑蛮女的一道美丽的面幕。
总而言之,
它是狡诈的世人用来欺诱智士的似是而非的真理。

——选自《威尼斯商人》

心上的瑕疵是真的垢污

心上的瑕疵是真的垢污；
无情的人才是残废之徒。
善即是美；
但美丽的奸恶，
是魔鬼雕就纹彩的空椟。

——选自《冬天的故事》

年轻人是一头不受拘束的野兔

倘使做一件事情就跟知道应该做什么事情一样容易，
那么小教堂都要变成大礼拜堂，
穷人的草屋都要变成王侯的宫殿了。
一个好的说教师才会遵从他自己的训诲。
我可以教训二十个人，吩咐他们应该做些什么事，
可是要我做这二十个人中间的一个，
履行我自己的教训，我就要敬谢不敏了。
理智可以制定法律来约束感情，
可是热情激动起来，就会把冷酷的法令蔑弃不顾；
年轻人是一头不受拘束的野兔，
会跳过老年人所设立的理智的藩篱。

——选自《威尼斯商人》

一阵雨儿一阵风

当初我是个小儿郎,
嗨,呵,一阵雨儿一阵风;
做了傻事毫不思量,
朝朝雨雨呀又风风。

年纪长大啦不学好,
嗨,呵,一阵雨儿一阵风;
闭门羹到处吃个饱,
朝朝雨雨呀又风风。

娶了老婆,唉!要照顾,
嗨,呵,一阵雨儿一阵风;
法螺医不了肚子饿,
朝朝雨雨呀又风风。

一壶老酒往头里灌,
嗨,呵,一阵雨儿一阵风;
掀开了被窝三不管,
朝朝雨雨呀又风风。

开天辟地有几多年,

嗨，呵，一阵雨儿一阵风；
咱们的戏文早完篇，
愿诸君欢喜笑融融！

——选自《第十二夜》

灵魂里没有音乐

你只要看一群不服管束的畜生，
或是那野性未驯的小马，
逞着它们奔放的血气，
乱跳狂奔，高声嘶叫，
倘然偶尔听到一声喇叭，
或是任何乐调，
就会一齐立定，
它们狂野的眼光，因为中了音乐的魅力，
变成温和的注视。
所以诗人会造出俄尔浦斯用音乐感动木石、平息风浪的
故事，因为无论怎样坚硬顽固狂暴的事物，
音乐都可以立刻改变它们的性质。
灵魂里没有音乐，
或是听了甜蜜和谐的乐声而不会感动的人，
都是擅于为非作恶、使奸弄诈的。
他们的灵魂像黑夜一样昏沉，
他们的感情像鬼域一样幽暗；
这种人是不可信任的。

——选自《威尼斯商人》

只有我是我自己的君后

我起誓,凭着天真与青春,
我只有一条心一片忠诚,
没有女人能够把它占有,
只有我是我自己的君后。
别了,小姐,我从此不再来
为我主人向你苦苦陈哀。

——选自《第十二夜》

爱情是叹息吹起的一阵烟

唉！这就是爱情的错误，
我自己已经有太多的忧愁重压在我的心头，
你对我表示的同情，
徒然使我在太多的忧愁之上再加上一重忧愁。
爱情是叹息吹起的一阵烟；
恋人的眼中有它净化了的火星；
恋人的眼泪是它激起的波涛。
它又是最智慧的疯狂，
哽喉的苦味，吃不到嘴的蜜糖。

——选自《罗密欧与朱丽叶》

公鹿找不到母鹿很伤心

冬天的衣裳棉花应该衬得温,
免得冻坏了娇怯怯的罗瑟琳。
割下的田禾必须捆得端端整,
一车的禾捆上装着个罗瑟琳。
最甜蜜的果子皮儿酸痛了唇,
这种果子的名字便是罗瑟琳。
有谁想找到玫瑰花开香喷喷,
就会找到爱的棘刺和罗瑟琳。

——选自《皆大欢喜》

无论什么使我战栗的事

啊！只要不嫁给帕里斯，
你可以叫我从那边塔顶的雉堞上跳下来；
你可以叫我在盗贼出没、毒蛇潜迹的路上匍匐行走，
把我和咆哮的怒熊锁禁在一起；
或者在夜间把我关在堆积尸骨的地窟里，
用许多陈死的白骨、霉臭的腿胴和失去下颚的焦黄的骷
髅掩盖着我的身体；
或者叫我跑进一座新坟里去，
把我隐匿在死人的殓衾里；
无论什么使我听了战栗的事，
只要可以让我活着对我的爱人做一个纯洁无瑕的妻子，
我都愿意毫无恐惧、毫不迟疑地做去。

——选自《罗密欧与朱丽叶》

不惧冬风凛冽

　　风体本无形。
　　噫嘻乎!
　　且向冬青歌一曲:
　　友交皆虚妄,
　　恩爱痴人逐。
　　噫嘻乎冬青!
　　可乐惟此生。

　　不愁冱天冰雪,
　　其寒尚难遽及受施而忘恩;
　　风皱满池碧水,
　　利刺尚难遽比捐旧之友人。
　　噫嘻乎!
　　且向冬青歌一曲:
　　友交皆虚妄,
　　恩爱痴人逐。
　　噫嘻乎冬青!
　　可乐惟此生。

——选自《皆大欢喜》

造桥只要量着河身的阔度就成

造桥只要量着河身的阔度就成，
何必过分铺张呢？
做事情也只要按照事实上的需要；
凡是能够帮助你达到目的的，
就是你所应该采取的手段。
你现在既然害着相思，
我可以给你治相思的药饵。
我知道今晚我们将要有一个假面跳舞会；
我可以化装一下冒充着你，
对希罗说我是克劳狄奥，
当着她的面前倾吐我的心曲，
用动人的情话迷惑她的耳朵；
然后我再替你向她的父亲传达你的意思，
结果她一定会属你所有。
让我们立刻着手进行吧。

——选自《无事生非》

年轻人的爱情，都是见异思迁

圣芳济啊！多么快的变化！
难道你所深爱着的罗瑟琳，就这样一下子被你抛弃了吗？
这样看来，年轻人的爱情，
都是见异思迁，不是发于真心的。
耶稣，马利亚！你为了罗瑟琳的缘故，
曾经用多少的眼泪洗过你消瘦的面庞！
为了替无味的爱情添加一点辛酸的味道，
曾经浪费掉多少的咸水！
太阳还没有扫清你吐向苍穹的怨气，
我这龙钟的耳朵里还留着你往日的呻吟！
瞧！就在你自己的颊上，
还剩着一丝不曾揩去的旧时的泪痕。
要是你不曾变了一个人，这些悲哀都是你真实的情感，
那么你是罗瑟琳的，
这些悲哀也是为罗瑟琳而发的；
难道你现在已经变心了吗？
男人既然这样没有恒心，
那就莫怪女人家朝三暮四了。

——选自《罗密欧与朱丽叶》

即使恋爱是盲目的

快快跑过去吧,
踏着火云的骏马,把太阳拖回到它的安息的所在;
但愿驾车的法厄同① 鞭策你们飞驰到西方,
让阴沉的暮夜赶快降临。
展开你密密的帷幕吧,成全恋爱的黑夜!
遮住夜行人的眼睛,让罗密欧悄悄地投入我的怀里,
不被人家看见也不被人家谈论!
恋人们可以在他们自身美貌的光辉里互相缱绻;
即使恋爱是盲目的,
那也正好和黑夜相称。来吧,温文的夜,
你朴素的黑衣妇人,
教会我怎样在一场全胜的赌博中失败,
把各人纯洁的童贞互为赌注。
用你黑色的罩巾遮住我脸上羞怯的红潮,
等我深藏内心的爱情慢慢地胆大起来,
不再因为在行动上流露真情而惭愧。
来吧,黑夜!来吧,罗密欧!来吧,你黑夜中的白昼!
因为你将要睡在黑夜的翼上,
比乌鸦背上的新雪还要皎白。

---

① 法厄同:日神的儿子,曾为其父驾御日车。

来吧，柔和的黑夜！
来吧，可爱的黑颜的夜，
把我的罗密欧给我！
等他死了以后，
你再把他带去，分散成无数的星星，
把天空装饰得如此美丽，
使全世界都恋爱着黑夜，
不再崇拜炫目的太阳。
啊！我已经买下了一所恋爱的华厦，
可是它还不曾属我所有；虽然我已经把自己出卖，
可是还没有被买主领去。这日子长得真叫人厌烦，
正像一个做好了新衣服的小孩，
在节日的前夜焦躁地等着天明一样。

——选自《罗密欧与朱丽叶》

希望神们把你变得诗意一点

要是一个人写的诗不能叫人懂,
他的才情不能叫人理解,
那比之小客栈里开出一张大账单来还要命。
真的,
我希望神们把你变得诗意一点。

——选自《皆大欢喜》

圣洁的外表包覆着丑恶的实质

啊，花一样的面庞里藏着蛇一样的心！
那一条恶龙曾经栖息在这样清雅的洞府里？
美丽的暴君！天使般的魔鬼！
披着白鸽羽毛的乌鸦！豺狼一样残忍的羔羊！
圣洁的外表包覆着丑恶的实质！
你的内心刚巧和你的形状相反，
一个万恶的圣人，一个庄严的奸徒！造物主啊！
你为什么要从地狱里提出这一个恶魔的灵魂，
把它安放在这样可爱的一座肉体的天堂里？
哪一本邪恶的书籍曾经装订得这样美观？
啊！谁想得到这样一座富丽的宫殿里，
会容纳着欺人的虚伪！

——选自《罗密欧与朱丽叶》

一个死人也会思想

要是梦寐中的幻景果然可以代表真实,
那么我的梦预兆着将有好消息到来;
我觉得心君宁恬,
整日里有一种向来所没有的精神,
用快乐的思想把我从地面上飘扬起来。
我梦见我的爱人来看见我死了——
奇怪的梦,一个死人也会思想!
她吻着我,把生命吐进了我的嘴唇里,
于是我复活了,并且成为一个君王。
唉!仅仅是爱的影子,已经给人这样丰富的欢乐,
要是能占有爱的本身,那该有多么甜蜜!

——选自《罗密欧与朱丽叶》

每一个悲哀都有二十个影子

每一个悲哀的本体都有二十个影子，
它们的形状都和悲哀本身一样，
但它们并没有实际的存在；
因为镀着一层泪液的愁人之眼，
往往会把一件整个的东西化成无数的形象。
就像凹凸镜一般，
从正面望去，
只见一片模糊，
从侧面观看，
却可以辨别形状；
娘娘因为把这次和王上分别的事情看偏了，
所以才会感到超乎离别以上的悲哀，
其实从正面看去，
它只不过是一些并不存在的幻影。
所以，大贤大德的娘娘，
不要因为离别以外的事情而悲哀；
您其实没看到什么，
即使看到了，
那也只是悲哀的眼中的虚伪的影子，
它往往把想象误为真实而浪掷它的眼泪。

——选自《理查二世》

精灵们的车匠

她是精灵们的稳婆；
她的身体只有郡吏手指上一颗玛瑙那么大；
几匹蚂蚁大小的细马替她拖着车子，
越过酣睡的人们的鼻梁，
她的车辐是用蜘蛛的长脚做成的；
车篷是蚱蜢的翅膀；
挽索是如水的月光；
马鞭是蟋蟀的骨头；缰绳是天际的游丝。
替她驾车的是一只小小的灰色的蚊虫，
它的大小还不及从一个贪懒丫头的指尖上挑出来的懒虫的一半。
她的车子是野蚕用一个榛子的空壳替她造成，
它们从古以来，就是精灵们的车匠。
她每夜驱着这样的车子，
穿过情人们的脑中，他们就会在梦里谈情说爱；
经过官员们的膝上，他们就会在梦里打躬作揖；
经过律师们的手指，他们就会在梦里伸手讨讼费；
经过娘儿们的嘴唇，她们就会在梦里跟人家接吻，
可是因为春梦婆讨厌她们嘴里吐出来的糖果的气息，
往往罚她们满嘴长着水泡。
有时奔驰过廷臣的鼻子，
他就会梦着个好差事；

有时她从捐献给教会的猪身上拔下它的尾巴来，

撩拨着一个牧师的鼻孔，

他就会梦见自己又领到一份俸禄；

有时她绕过一个兵士的颈项，

他就会梦见杀敌人的头，

进攻、埋伏、锐利的剑锋、淋漓的痛饮——

忽然被耳边的鼓声惊醒，

咒骂了几句，又翻了个身睡去了。

就是这一个春梦婆在夜里把马鬣打成了辫子，

把懒女人的龌龊的乱发烘成一处处胶粘的硬块，

倘然把它们梳通了，就要遭逢祸事；

就是这个婆子在人家女孩子们仰面睡觉的时候，

压在她们的身上，教会她们怎样养儿子；

就是她——

——选自《罗密欧与朱丽叶》

临死遗言是深沉的音乐

一个人的临死遗言,就像深沉的音乐一般,
有一种自然吸引注意的力量;
到了奄奄一息的时候,
他的话决不会白费,
因为真理往往是在痛苦呻吟中说出来的。
一个从此以后不再说话的人,
他的意见总是比那些少年浮华之徒的甘言巧辩更能被人听取。
正像垂暮的斜阳、曲终的余奏和最后一口啜下的美酒留给人们最温馨的回忆一样,
一个人的结局总是比他生前的一切格外受人注目。虽然理查对于我生前的谏劝充耳不闻,
我的垂死的哀音也许可以惊醒他的聋聩。

——选自《理查二世》

美德的误用会变成罪过

黎明笑向着含愠的残宵,
金鳞浮上了东方的天梢;
看赤轮驱走了片片乌云,
像一群醉汉向四处狼奔。
趁太阳还没有睁开火眼,
晒干深夜里的涔涔露点,
我待要采摘下满篋盈筐,
毒草灵葩充实我的青囊。
大地是生化万类的慈母,
她又是掩藏群生的坟墓,
试看她无所不载的胸怀,
哺乳着多少的姹女婴孩!
天生下的万物没有弃掷,
什么都有它各自的特色,
石块的冥顽,草木的无知,
都含着玄妙的造化生机。
莫看那蠢蠢的恶木莠蔓,
对世间都有它特殊贡献;
即使最纯良的美谷嘉禾,
用得失当也会害性戕躯。
美德的误用会变成罪过,

罪恶有时反会造成善果。
这一朵有毒的弱蕊纤苞,
也会把淹煎的痼疾医疗;
它的香味可以祛除百病,
吃下腹中却会昏迷不醒。
草木和人心并没有不同,
各自有善意和恶念争雄;
恶的势力倘然占了上风,
死便会蛀蚀进它的心中。

——选自《罗密欧与朱丽叶》

什么都比不上厄运更能磨炼人

凡是日月所照临的所在，
在一个智慧的人看来都是安身的乐土。
你应该用这样的思想宽解你的厄运；
什么都比不上厄运更能磨炼人的德性。
不要以为国王放逐了你，
你应该设想你自己放逐了国王。
越是缺少担负悲哀的勇气，
悲哀压在心头越是沉重。
去吧，
就算这一次是我叫你出去追寻荣誉，
不是国王把你放逐；
或者你可以假想噬人的疫疠弥漫在
我们的空气之中，
你是要逃到一个健康的国土里去。
凡是你的灵魂所珍重宝爱的事物，
你应该想象它们是在你的未来的前途，
不是在你离开的本土；
想象鸣鸟在为你奏着音乐，
芳草为你铺起地毯，
鲜花是向你巧笑的美人，
你的行步都是愉快的舞蹈。

谁要是能够把悲哀一笑置之,
悲哀也会减弱它的咬人的力量。

——选自《理查二世》

赶走那妒忌的月亮

轻声！那边窗子里亮起来的是什么光？
那就是东方，朱丽叶就是太阳！
起来吧，美丽的太阳！
赶走那妒忌的月亮，
她因为她的女弟子比她美得多，
已经气得面色惨白了。
既然她这样妒忌着你，你不要忠于她吧；
脱下她给你的这一身惨绿色的贞女的道服，
它是只配给愚人穿的。
那是我的意中人；
啊！那是我的爱；
唉，但愿她知道我在爱着她！
她欲言又止，
可是她的眼睛已经道出了她的心事。待我去回答她吧；
不，我不要太鲁莽，她不是对我说话。
天上两颗最灿烂的星，
因为有事他去，请求她的眼睛替代它们在空中闪耀。
要是她的眼睛变成了天上的星，
天上的星变成了她的眼睛，那便怎样呢？
她脸上的光辉会掩盖了星星的明亮，
正像灯光在朝阳下黯然失色一样；

在天上的她的眼睛，会在太空中大放光明，
使鸟儿误认为黑夜已经过去而唱出它们的歌声。
瞧！她用纤手托住了脸，那姿态是多么美妙！
啊，但愿我是那一只手上的手套，
好让我亲一亲她脸上的香泽！

——选自《罗密欧与朱丽叶》

妻子的堕落总是丈夫的过失

这样的女人不是几个，可多着呢，
足够把她们用小小的坏事换来的世界塞满了。
照我想来，妻子的堕落总是丈夫的过失；
要是他们疏忽了自己的责任，
把我们所珍爱的东西浪掷在外人的怀里，
或是无缘无故吃起醋来，
约束我们行动的自由，或是殴打我们，
削减我们的花粉钱，
我们也是有脾气的，
虽然生就温柔的天性，
到了一个时候也是会复仇的。
让做丈夫的人们知道，
他们的妻子也和他们有同样的感觉：
她们的眼睛也能辨别美恶，
她们的鼻子也能辨别香臭，
她们的舌头也能辨别甜酸，
正像她们的丈夫们一样。
他们厌弃了我们，
别寻新欢，是为了什么缘故呢？
是逢场作戏吗？
我想是的。

是因为爱情的驱使吗？

我想也是的。还是因为喜新厌旧的人之常情呢？

那也是一个理由。

那么难道我们就不会对别人发生爱情，

难道我们就没有逢场作戏的欲望，

难道我们就不会喜新厌旧，跟男人们一样吗？

所以让他们好好地对待我们吧；

否则我们要让他们知道，

我们所干的坏事都是出于他们的指教。

——选自《奥赛罗》

为什么你要怨恨天地

为什么你要怨恨天地，怨恨你自己的生不逢辰？
天地好容易生下你这一个人来，
你却要亲手把你自己摧毁！
呸！呸！你有的是一副堂堂的七尺之躯，
有的是热情和智慧，
你却不知道把它们好好利用，
这岂不是辜负了你的七尺之躯，
辜负了你的热情和智慧？
你的堂堂的仪表不过是一尊蜡像，
没有一点男子汉的血气；
你的山盟海誓都是些空虚的谎语，
杀害你所发誓珍爱的情人；
你的智慧不知道指示你的行动，驾御你的感情，
它已经变成了愚妄的谬见，
正像装在一个笨拙的兵士的枪膛里的火药，
本来是自卫的武器，
因为不懂得点燃的方法，
反而毁损了自己的肢体。

——选自《罗密欧与朱丽叶》

她的热泪溶化了顽石的心

可怜的她坐在枫树下啜泣,
歌唱那青青杨柳;
她手抚着胸膛,
她低头靠膝,
唱杨柳,杨柳,杨柳。
清澈的流水吐出她的呻吟,
唱杨柳,杨柳,杨柳。
她的热泪溶化了顽石的心——

——选自《奥赛罗》

我并不喜爱这一种爱情

唉！想不到爱神蒙着眼睛，
却会一直闯进了人们的心灵！
我们在什么地方吃饭？
哎哟！又是谁在这儿打过架了？
可是不必告诉我，我早就知道了。
这些都是怨恨造成的后果，
可是爱情的力量比它要大过许多。
啊，吵吵闹闹的相爱，亲亲热热的怨恨！
啊，无中生有的一切！
啊，沉重的轻浮，严肃的狂妄，
整齐的混乱，铅铸的羽毛，光明的烟雾，
寒冷的火焰，憔悴的健康，
永远觉醒的睡眠，否定的存在！
我感觉到的爱情正是这么一种东西，
可是我并不喜爱这一种爱情。

——选自《罗密欧与朱丽叶》

整个世界的荣华也不能诱动我

好伊阿古啊,
我应当怎样重新取得我的丈夫的欢心呢?
好朋友,替我向他解释解释;
因为凭着天上的太阳起誓,
我实在不知道我怎么会失去他的宠爱。
我对天下跪,要是在思想上、行动上,
我曾经有意背弃他的爱情;
要是我的眼睛、我的耳朵或是我的任何感觉,
曾经对别人发生爱悦;
要是我在过去、现在和将来,
不是那样始终深深地爱着他,
即使他把我弃如敝屣,
也不因此而改变我对他的忠诚;
要是我果然有那样的过失,
愿我终身不能享受快乐的日子!
无情可以给人重大的打击;
他的无情也许会摧残我的生命,
可是永不能毁坏我的爱情。
我不愿提起"娼妇"两个字,
一说到它就会使我心生憎恶,

更不用说亲自去干那博得这种丑名的勾当了；
整个世界的荣华也不能诱动我。

——选自《奥赛罗》

名誉是灵魂里最切身的珍宝

我的好主帅，
无论男人女人，
名誉是他们灵魂里面最切身的珍宝。
谁偷窃我的钱囊，
不过偷窃到一些废物，
一些虚无的东西，
它只是从我的手里转到他的手里，
而它也曾做过千万人的奴隶；
可是谁偷去了我的名誉，
那么他虽然并不因此而富足，
我却因为失去它而成为赤贫了。

——选自《奥赛罗》

你的希望永远在这儿埋葬了

不，这样的人是不该让他留在人世的。
啊，多难的国家，
一个篡位的暴君握着染血的御杖高踞在王座上，
你的最合法的嗣君又亲口吐露了他是这样一个可诅咒的
人，辱没了他的高贵的血统，
那么你几时才能重见天日呢？
你的父王是一个最圣明的君主；
生养你的母后每天都想到人生难免的死亡，
她朝夕都在屈膝跪求上天的垂怜。再会！
你自己供认的这些罪恶，
已经把我从苏格兰放逐。啊，我的胸膛，
你的希望永远在这儿埋葬了！

——选自《麦克白》

去，可怕的影子！

别人敢做的事，我都敢：
无论你用什么形状出现，像粗暴的俄罗斯大熊也好，
像披甲的犀牛、舞爪的猛虎也好，
只要不是你现在的样子，
我的坚定的神经决不会起半分战栗；
或者你现在死而复活，
用你的剑向我挑战，
要是我会惊惶胆怯，
那么你就可以宣称我是一个少女怀抱中的婴孩。
去，可怕的影子！
虚妄的揶揄，去！

——选自《麦克白》

从一场睡梦中醒来

难道你把自己沉浸在里面的那种希望,
只是醉后的妄想吗?
它现在从一场睡梦中醒来,因为追悔自己的孟浪,
而吓得脸色这样苍白吗?
从这一刻起,
我要把你的爱情看作同样靠不住的东西。
你不敢让你在行为和勇气上跟你的欲望一致吗?
你宁愿像一只畏首畏尾的猫儿,
顾全你所认为生命的装饰品的名誉,
不惜让你在自己眼中成为一个懦夫,
让"我不敢"永远跟随在"我想要"的后面吗?

——选自《麦克白》

一切都不过是儿戏

要是我在这件变故发生以前一小时死去，
我就可以说是活过了一段幸福的时间；
因为从这一刻起，
人生已经失去它的严肃的意义，
一切都不过是儿戏；
荣名和美德已经死了，
生命的美酒已经喝完，
剩下来的只是一些无味的渣滓，
当做酒窖里的珍宝。

——选自《麦克白》

我要拿出男子汉的气概来

我要拿出男子汉的气概来；
可是我不能抹杀我的人类的感情。
我怎么能够把我所最珍爱的人置之度外，
不去想念他们呢？
难道上天看见这一幕惨剧而不对他们抱同情吗？
罪恶深重的麦克德夫！
他们都是为了你而死于非命的。我真该死，
他们没有一点罪过，只是因为我自己不好，
无情的屠戮才会降临到他们的身上。
愿上天给他们安息！

——选自《麦克白》

注视着人类恶念的魔鬼们!

来,注视着人类恶念的魔鬼们!
解除我的女性的柔弱,
用最凶恶的残忍自顶至踵贯注在我的全身;
凝结我的血液,
不要让怜悯钻进我的心头,
不要让天性中的恻隐摇动我的狠毒的决意!
来,你们这些杀人的助手,
你们无形的躯体散满在空间,
到处找寻为非作恶的机会,
进入我的妇人的胸中,
把我的乳水当做胆汁吧!
来,阴沉的黑夜,
用最昏暗的地狱中的浓烟罩住你自己,
让我的锐利的刀瞧不见它自己切开的伤口,
让青天不能从黑暗的重衾里探出头来,
高喊"住手,住手!"

——选自《麦克白》

丧钟敲响的时候

唉！可怜的祖国！
它简直不敢认识它自己。
它不能再称为我们的母亲，只是我们的坟墓；
在那边，除了浑浑噩噩、一无所知的人以外，
谁的脸上也不曾有过一丝笑容；
叹息、呻吟、震撼天空的呼号，都是日常听惯的声音，
不能再引起人们的注意；
剧烈的悲哀变成一般的风气；
丧钟敲响的时候，
谁也不再关心它是为谁而鸣；
善良人的生命往往在他们帽上的花朵还没有枯萎以前就
化为朝露。

——选自《麦克白》

明天,明天,再一个明天

明天,明天,再一个明天,
一天接着一天地蹑步前进,
直到最后一秒钟的时间;
我们所有的昨天,
不过替傻子们照亮了到死亡的土壤中去的路。
熄灭了吧,熄灭了吧,短促的烛光!
人生不过是一个行走的影子,
一个在舞台上指手画脚的拙劣的伶人,
登场片刻,就在无声无息中悄然退下;
它是一个愚人所讲的故事,充满着喧哗和骚动,
却找不到一点意义。

——选自《麦克白》

小人全都貌似忠良

在尊严的王命之下,
忠实仁善的人也许不得不背着天良行事。
可是我必须请您原谅;
您的忠诚的人格决不会因为我用小人之心去测度它而发生变化;
最光明的天使也许会堕落,可是天使总是光明的;
虽然小人全都貌似忠良,
可是忠良的一定仍然不失他的本色。

——选自《麦克白》

只要你用神圣的语言

无论将来会发生什么悲哀的后果，
都抵不过我在看见她这短短一分钟内的快乐，
不管侵蚀爱情的死亡怎样伸展它的魔手，
只要你用神圣的言语，
把我们的灵魂结为一体，
让我能够称她一声我的人，
我也就不再有什么遗恨了。

——选自《罗密欧与朱丽叶》

我只曾发誓和一个女人绝交

难道不是你的能说会道的眼睛,
逼着我违反了自己立下的誓言?
人世上谁又有能力和它争论?
再说,为你破誓也实在情有可原。
我只曾发誓和一个女人绝交,
但我能证明,你却是一位天神:
天仙不能为尘俗的誓言所扰;
而你的洪恩却能使我返璞归真。
誓言不过是一句话,一团空气;
而你,普照大地的美丽的太阳,
已将那气体的誓言全部吸去:
如果消失了,那只能怪你的阳光。
要说我不该破誓,谁会如此愚妄,
为要守住自己的誓言,躲避天堂?

——选自《爱情的礼赞》

我的爱情也像海一样深沉

为了表示我的慷慨,
我要把它重新给你。
可是这样等于希望得到自己拥有的东西:
我的慷慨像海一样浩渺,
我的爱情也像海一样深沉;
我给你的越多,
我自己也越是富有,
因为这两者都是没有穷尽的。

——选自《罗密欧与朱丽叶》

岁月偷走了春天的珍宝

我的深情厚爱也和我这个人一样，
被时光的毒手蹂躏摧残。
当时间吮尽了他的血，
让他的朱颜皱纹斑斑，
当青春年华迈进了崎岖的暮年，
所有的风流俊秀
都将幻灭消散，
岁月偷走了春天的珍宝；
为了迎接那一刻的到来，我现在厉兵秣马
去抵御那残杀美好时光的利刃，
纵使它夺去了我挚爱之人的生命，
也无法将他在我心中的芬芳记忆抹杀。
他的风韵将在这字里行间重现，
墨迹常在，他亦鲜活地永久流传。

——选自《十四行诗》

晶莹的珍珠为什么会转眼失色

盛开的玫瑰,无端被摘,随即凋谢,
被摘下的花苞,在春天就已枯萎!
晶莹的珍珠为什么会转眼失色?
美丽的人儿,过早地被死神摧毁!
恰像悬挂在枝头的青青的李子,
因风落下,实际还不到凋落时。

我为你痛哭,可我说不出为什么,
你虽在遗嘱里没留给我什么东西,
但我得到的却比我希望的还多;
因为我对你本来就无所希冀。
啊,亲爱的朋友,我请求你原谅!
你实际是给我留下了你的悲伤。

——选自《爱情的礼赞》

把我如水的深情灌注下去

我知道我的爱是没有希望的徒劳，
可是在这罗网一样千孔万眼的筛子里，
依然把我如水的深情灌注下去，
永远不感到干涸。
我正像印度人一样虔信而执迷，
我崇拜着太阳，
它的光辉虽然也照到它的信徒的身上，
却根本不知道有这样一个人存在。

——选自《终成眷属》

我的爱如此情深义厚

维纳斯,坐在一棵山桃的树荫里,
开始跟她身旁的阿都尼调情,
她告诉他战神曾大胆将她调戏,
她学着战神为他表演当时的情景。
"就这样,"她说,"战神使劲把我搂,"
说着她双手紧紧抱住了阿都尼。
"就这样,"她说,"战神解开我的衣扣,"
意思显然要那小伙子别要迟疑。
"就这样,"她说,"他使劲跟我亲吻,"
她说着伸过嘴去紧贴着他的嘴唇;
但他喘了一口气立即匆匆逃遁,
仿佛他压根儿也不了解她的心情。
啊,但愿我的爱如此情深义厚,
吻我,抱我,弄得我不敢停留。

——选自《爱情的礼赞》

你的美貌是永存的

造物给你美貌,
也给你美好的德性;
没有德性的美貌,
是转瞬即逝的;
可是在你的美貌之中,
有一颗美好的灵魂,
所以你的美貌是永存的。

——选自《一报还一报》

青春生气勃勃，衰老无精打采

衰老和青春不可能同时并存：
青春充满欢乐，衰老充满悲哀；
青春像夏日清晨，衰老像冬令；
青春生气勃勃，衰老无精打采。
青春欢乐无限，衰老来日无多；
青春矫健，衰老迟钝；
青春冒失、鲁莽，衰老胆怯、柔懦；
青春血热，衰老心冷。
衰老，我厌恶你；青春，我爱慕你。
啊，我的爱，我的爱年纪正轻！
衰老，我仇恨你。
啊，可爱的牧人，快去，
我想着你已该起身。

——选自《爱情的礼赞》

世界上最无用的东西

我常常这么想着：神啊！
要是我们永远没有需用我们的朋友的时候，
那么我们何必需要朋友呢？
要是我们永远不需要他们的帮助，
那么他们便是世上最无用的东西，
就像深藏不用的乐器一样，
没有人听得见它们美妙的声音。

——选自《雅典的泰门》

美不过是作不得准的浮影

美不过是作不得准的浮影,
像耀眼的光彩很快就会销毁,
像一朵花儿刚开放随即凋零,
像晶莹的玻璃转眼就已破碎;
浮影、光彩、鲜花或一片玻璃,
转瞬间就已飘散、销毁、破碎、死去。
像一丢失便永不能再见的宝物,
像一销毁便无法恢复的光彩,
像玻璃一破碎便不能黏合,
像鲜花一凋谢便绝不重开,
美也是这样昙花一现,永远消失,
不管你如何痛苦,如何抹粉涂脂。

——选自《爱情的礼赞》

我的心情是变化无常的天气

我的心情是变化无常的天气,
你在我身上可以同时看到温煦的日光
和无情的霜霰;
可是当太阳大放光明的时候,
蔽天的阴云是会扫荡一空的。

——选自《终成眷属》

勾引世人兴味的力量

我完全知道你们,
现在虽然和你们在一起无聊鬼混,
可是我正在效法着太阳,
它容忍污浊的浮云遮蔽它的庄严的宝相,
然而当它一旦穿破丑恶的雾障,
大放光明的时候,人们因为仰望已久,
将要格外对它惊奇赞叹。
要是一年四季,全是游戏的假日,
那么游戏也会变得像工作一般令人烦厌;
惟其因为它们是不常有的,
所以人们才会盼望它们的到来;
只有偶然难得的事件,
才有勾引世人兴味的力量。

——选自《亨利四世》

你的残忍像无情的衰老一般

帮着我的疾病杀害我吧；
愿你的残忍像无情的衰老一般，
快快摘下这一朵久已凋萎的枯花。
愿你在你的耻辱中生存，
可是不要让耻辱和你同归于尽！
愿我的言语永远使你的灵魂痛苦！
把我搬到床上去，
然后再把我送下坟墓；
享受着爱和荣誉的人，
才会感受到生存的乐趣。

——选自《理查二世》

有所自恃而失之于大意

我没有路,
所以不需要眼睛;
当我能够看见的时候,
我也会失足颠仆。
我们往往因为有所自恃而失之于大意,
反不如缺陷却能对我们有益。

——选自《李尔王》

人生就像善恶的丝线织成的布

人生就像是一匹用善恶的丝线交错织成的布；
我们的善行必须受我们的过失的鞭挞，
才不会过分趾高气扬；
我们的罪恶又赖我们的善行把它们掩盖，
才不会完全绝望。

——选自《终成眷属》

苦尽之后会有甘来

请再忍耐片时；
转眼就是夏天了，
野蔷薇快要绿叶满枝，
遮掩了它周身的棘刺；
苦尽之后会有甘来。

——选自《终成眷属》

死是一个人免不了的结局

懦夫在未死以前,
就已经死过好多次;
勇士一生只死一次。
在我听到过的一切怪事之中,
人们的贪生怕死是一件最奇怪的事情。
因为死本来是一个人免不了的结局,
它要来的时候
谁也不能叫它不来。

——选自《威尼斯商人》

我要和欺人的希望为敌

谁阻止得了我？我要绝望，
我要和欺人的希望为敌；
他是一个佞人，一个食客；
当死神将要温柔地替人解除生命羁绊的时候，
虚伪的希望却拉住他的手，
使人在困苦之中苟延残喘。

——选自《理查二世》

命运不愿小人永远得志

现在再去剪掉命运的利爪也太迟了。
命运是一个很好的女神,
她不愿小人永远得志,
一定是你自己做了坏事,
她才会加害于你。

——选自《终成眷属》

潜伏在它的胚胎之中

各人的生命中都有一段历史,
观察他以为的行为的性质,
便可以用近似的猜测,
预断他此后的变化,
那变化的萌芽虽然尚未显露,
却已经潜伏在它的胚胎之中。

——选自《亨利四世》

青春越浪费越容易消逝

我不知道你在什么地方消磨你的光阴,
更不知道有些什么人跟你做伴。
虽然紫菀草越被人践踏越长得快,
可是青春越是浪费,越容易消失。

——选自《亨利四世》

天堂的门已经锁上了

好,你现在不要听我,
将来要听也听不到了;
天堂的门已经锁上了,
你从此只好徘徊门外。
唉,人们的耳朵不能容纳忠言,
谄媚却这样容易进去!

——选自《雅典的泰门》

女人必须服从男人是天经地义

桀骜不驯的结果一定十分悲惨。
你看地面上，海洋里，广漠的空中，
哪一样东西能够不受羁束牢笼？
是走兽，是游鱼，是生翅膀的飞鸟，
只见雌的低头，哪里有雄的伏小？
人类是控制陆地和海洋的主人，
天赋的智慧胜过一切走兽飞禽，
女人必须服从男人是天经地义，
你应该温恭谦顺侍候他的旨意。

——选自《错误的喜剧》

没碰见倒霉事，谁都会心平气和

真好的性子！可也难怪她这么说，
没碰见倒霉事，谁都会心平气和。
听见别的苦命人在厄运折磨下，
哀痛地呼喊，我们说："算了，静些吧！"
但是轮到我们遭受同样的欺凌，
我们的呼天抢地准比他们更凶；
你可没有狠心的丈夫把你虐待，
你以为什么事都可以安心忍耐，
倘有一天人家篡夺了你的权利，
看你耐不耐得住你心头的怨气？

——选自《错误的喜剧》

你要开玩笑就得留心我的脸色

我因为常常和你不拘名分,
说说笑笑,
你就这样大胆起来,
人家有正事的时候你也敢捣鬼。
无知的蚊蚋尽管在阳光的照耀下飞翔游戏,
一到日没西山也会钻进它们的墙隙木缝。
你要开玩笑就得留心我的脸色,
看我有没有那样兴致。
你要是还不明白,
然我把这一种规矩打进你的脑壳里去。

——选自《错误的喜剧》

使身体阔气，还要靠心灵

只要我们袋里有钱，
身上穿得寒酸一点，
又有什么关系？
因为使身体阔气，
还要靠心灵。
正像太阳会从乌云中探出头来一样，
布衣粗服，
可以格外显出一个人的正直。
樫鸟并不因为羽毛的美丽，
而比云雀更为珍贵；
蝮蛇并不因为皮肉的光泽，
而比鳗鲡更有用处。
所以，
好凯德，
你穿着这一身敝旧的衣服，
也并不因此而降低了你的身价。
你要是怕人笑话，
那么让人家笑话我吧。
你还是要高高兴兴的，
我们马上就到你爸爸家里去喝酒作乐。
去，

叫他们准备好,
我们就要出发了。

——选自《驯悍记》

我的爱人,不要离开我

啊,我的爱人,
不要离开我!
你把一滴水洒下了海洋里,
若想把它原样收回,
不多不少,
是办不到的,
因为它已经和其余的水混合在一起,
再也分别不出来;
我们两人也是这样,
你怎么能硬把你我分开,
而不把我的一部分也带了去呢?
要是你听见我有了不端的行为,
我这奉献给你的身子,
已经给淫邪所玷污,
那时你将要如何气愤!
你不会唾骂我,
羞辱我,
不认我是你的妻子,
剥下我那副娼妇的污秽的面皮,
从我不贞的手指上夺下我们结婚的指环,
把它剁得粉碎吗?

我知道你会这样做的,
那么请你就这样做吧,
因为我的身体里已经留下了淫邪的污点,
我的血液里已经混合着奸情的罪恶,
我们两人既然是一体,
那么你的罪恶难道不会传染到我的身上?
既然这样,
你就该守身如玉,
才可保全你的名誉和我的清白。

——选自《错误的喜剧》

最好的黄金经不起人手的磨损

人非木石，谁能忍受这样的欺侮？
我知道他一定爱上了浪柳淫花，
贪恋着温柔滋味才会忘记回家。
他曾经答应我打一条项链相赠，
看他对床头人说话有没有定准！
涂上釉彩的宝石容易失去光润，
最好的黄金经不起人手的磨损，
尽管他是名誉良好的端人正士，
一朝堕落了也照样会不知羞耻。
我这可憎容貌既然难邀他爱顾，
我要悲悼我的残春哭泣着死去。

——选自《错误的喜剧》

夜莺与云雀

（女）你现在就要走了吗？
　　　天亮还有一会儿呢。
　　　那刺进你惊恐的耳膜中的
　　　不是云雀，是夜莺的声音，
　　　它每天晚上在那边
　　　石榴树上歌唱。
　　　相信我，爱人，
　　　那是夜莺的声音。

（男）那是报晓的云雀，
　　　不是夜莺。
　　　瞧，爱人，
　　　不作美的晨曦已经在
　　　东天的云朵上镶起了金线，
　　　夜晚的星光已经烧尽，
　　　愉快的白昼蹑足
　　　踏上了迷雾的山巅。
　　　我必须到别处去找寻生路，
　　　或者留在这儿束手送死。

（女）那光明不是晨曦；我知道；
　　　那是从太阳中吐射出来的流星，
　　　替你拿着火炬，
　　　照亮你到曼多亚去。
　　　所以你不必急着要去，
　　　再耽搁一会儿吧。

（男）让我被他们捉住，
　　　让我被他们处死；
　　　只要是你的意思，
　　　我就毫无怨恨。
　　　我愿意说那边灰白色的云彩
　　　不是黎明睁开它的睡眼，
　　　那不过是从月亮的眉宇间
　　　反映出来的微光；
　　　那响彻云霄的歌声，
　　　也不是出于云雀的喉中！
　　　我巴不得留在这里，
　　　永远不要离开。
　　　来吧，死，我欢迎你！
　　　因为这是
　　　朱丽叶的意思。
　　　怎么，我的灵魂？
　　　让我们谈谈；
　　　天还没有亮哩。

（女）天已经亮了，
　　　天已经亮了；
　　　快走吧，快走吧！
　　　那唱得这样刺耳、
　　　嘶着粗涩的噪声和
　　　讨厌的锐音的，
　　　正是天际的云雀。
　　　有人说云雀会发出
　　　千变万化的甜蜜的歌声，
　　　这句话一点不对，
　　　因为它只使我们彼此分离；
　　　有人说云雀曾经
　　　和丑恶的蟾蜍交换眼睛，
　　　啊！我但愿它们也交换了声音，
　　　因为那声音使你离开了我的怀抱，
　　　用催醒的晨歌催促你登程。
　　　啊！现在快走吧；
　　　天越来越亮了。

（合）天越来越亮，
　　　我们悲哀的心
　　　却越来越黑暗。

　　　　　　　　　——选自《罗密欧与朱丽叶》

痴心的留恋

（女）那么他到什么地方去，
　　　我也要到什么地方。

（男）要是这样的话，
　　　我们俩人就要相对流泪，
　　　使彼此的悲哀
　　　合而为一了。
　　　还是你在法国为我流泪，
　　　我在这儿为你流泪吧；
　　　与其近而多愁，
　　　不如彼此远隔。
　　　去，用叹息计算你的路程，
　　　我将用痛苦的呻吟
　　　计算我的路程。

（女）那么最长的路程将要
　　　听到最长的呻吟。

（男）我的路是很短的，
　　　每一步我将要呻吟两次，
　　　再用一颗沉重的心，

补充它的不足。
　　来，来，
　　当我们向悲哀求婚的时候，
　　我们应该越快越好，
　　因为和它结婚以后，
　　我们将要忍受长期的痛苦。
　　让一个吻堵住
　　我们俩人的嘴，
　　然后默默地分别；
　　凭着这一个吻，
　　我把我的心给了你，
　　也把你的心取了来了。

（女）把我的心还我；
　　　你不应该把你的心
　　　交给我保管，
　　　因为它将会在我的悲哀之中
　　　憔悴而死。
　　　现在我已经得到我自己的心，
　　　去吧，
　　　我要竭力用一声惨叫把它杀死。

（合）我们这样痴心的留恋，
　　　简直是在玩弄着痛苦。
　　　再会吧，让悲哀代替
　　　我们诉说一切不尽的余言。

——选自《理查二世》

痴心的留恋　　189

劝君莫负艳阳天

新歌一曲意缠绵，
哎唷哎唷哎哎唷，
人生美满像好花妍，
春天是最好的结婚天，
听嘤嘤歌唱枝头鸟，
姐郎们最爱春光好。

劝君莫负艳阳天，
哎唷哎唷哎哎唷，
恩爱欢娱要趁少年，
春天是最好的结婚天，
听嘤嘤歌唱枝头鸟，
姐郎们最爱春光好。

——选自《皆大欢喜》

杀鹿的人好幸福

杀鹿的人好幸福，
穿它的皮顶它角。
唱个歌儿送送他。
顶了鹿角莫讥笑，
古时便已当冠帽；
你的祖父戴过它，
你的阿爹顶过它：
鹿角鹿角壮而美，
你们取笑真不对。

——选自《皆大欢喜》

为什么这里是一片荒碛

或是感怀着旧盟今已冷，
同心的契友忘却了故交；
但我要把最好树枝选定，
缀附在每行诗句的终梢，
罗瑟琳三个字小名美妙，
向普世的读者遍告周知。
莫看她苗条的一身娇小，
宇宙间的精华尽萃于兹；
造物当时曾向自然诏示，
吩咐把所有的绝世姿才，
向纤纤一躯中合炉熔制，
累天工费去不少的安排：
负心的海伦醉人的脸蛋，
克莉奥佩特拉威仪丰容。
阿塔兰忒的柳腰儿款摆，
鲁克丽西娅的节操贞松：
劳动起玉殿上诸天仙众，
造成这十全十美罗瑟琳；
荟萃了各式的妍媚万种，
选出一副俊脸目秀精神。

上天给她这般恩赐优渥，
我命该终身做她的臣仆。

——选自《皆大欢喜》

像风雪跟着严冬

请不要喧闹纷纷!
这种种古怪事情,
都得让许门断清。
这里有四对恋人,
说的话儿倘应心,
该携手共缔鸳盟。

你俩患难不相弃,
你们俩同心永系;
你和他宜室宜家,
再莫恋镜里空花;
你两人形影相从,
像风雪跟着严冬。

等一曲婚歌奏起,
尽你们寻根觅底,
莫惊讶咄咄怪事,
细想想原来如此。

——选自《皆大欢喜》

最真实的诗是最虚妄的

老实说,
不,因为最真实的诗是最虚妄的;
情人们都富于诗意,
他们在诗里发的誓,
可以说都是情人们的假话。

——选自《皆大欢喜》

对杀人凶手讲慈悲就是鼓励杀人

为了这一个过失,
我现在宣布把他立刻放逐出境。
你们双方的憎恨已经牵涉到我的身上,
在你们残暴的斗殴中,
已经流下了我的亲人的血;
可是我要给你们一个重重的惩罚,
儆戒儆戒你们的将来。
我不要听任何的请求辩护,
哭泣和祈祷都不能使我枉法徇情,
所以不用想什么挽回的办法,
赶快把罗密欧遣送出境吧;
不然的话,他在什么时候被我们发现,
就在什么时候把他处死。
把这尸体抬去,
不许违抗我的命令;
对杀人的凶手不能讲慈悲,
否则就是鼓励杀人了。

——选自《罗密欧与朱丽叶》

这一段相思永无消歇

这些鲜花替你铺盖新床；
惨啊，一朵娇红永委沙尘！
我要用沉痛的热泪淋浪，
和着香水浇溉你的芳坟；
夜夜到你墓前散花哀泣，
这一段相思啊永无消歇！

——选自《罗密欧与朱丽叶》

太阳也惨得在云中躲闪

清晨带来了凄凉的和解,
太阳也惨得在云中躲闪。
大家先回去发几声感慨,
该恕的、该罚的再听宣判。
古往今来多少离合悲欢,
谁曾见这样的哀怨辛酸!

——选自《罗密欧与朱丽叶》

您既然知道您不能瞧见您自己

您既然知道您不能瞧见您自己，
像在镜子里照得那样清楚，
我就可以做您的镜子，
并不夸大地把您自己所不知道的自己揭露给您看。
不要疑心我，善良的勃鲁托斯；
倘然我是一个胁肩谄笑之徒，
惯用千篇一律的盟誓向每一个人矢陈我的忠诚；
倘然您知道我会当着人家的面向他们献媚，
把他们搂抱，
背了他们就用诽语毁谤他们；
倘然您知道我是一个常常跟下贱的平民
酒食征逐的人，
那么您就认为我是一个危险分子吧。

——选自《罗密欧与朱丽叶》

我相信它们都是上天的示意

一个卑贱的奴隶举起他的左手，
那手上燃烧着二十个火炬合起来似的烈焰，
可是他一点不觉得灼痛，
他的手上没有一点火烙过的痕迹。
在圣殿之前，
我又遇见一头狮子，
它睨视着我，
生气似的走了过去，
却没有跟我为难；
到现在我都没有收起我的剑。
一百个面无人色的女人吓得缩成一团，
她们发誓说她们看见浑身发着火焰的男子在街道上来来去去。
昨天正午的时候，
夜枭栖在市场上，
发出凄厉的鸣声。
这种种怪兆同时出现，
谁都不能说，"这些都是不足为奇的自然的现象"；我相信它们都是上天的示意，
预兆着将有什么重大的变故到来。

——选自《亨利四世》

哀求不能打动我的心

要是我也跟你们一样，
我就会被你们所感动；
要是我也能够用哀求打动别人的心，
那么你们的哀求也会打动我的心；
可是我是像北极星一样坚定，
它的不可动摇的性质，
在天宇中是无与伦比的。
天上布满了无数的星辰，
每一个星辰都是一个火球，
都有它各自的光辉，
可是在众星之中，
只有一个星卓立不动。
在人世间也是这样；
无数的人生活在这世间，
他们都是有血肉有知觉的，
可是我知道只有一个人能够确保
他的不可侵犯的地位，
任何力量都不能使他动摇。
我就是他；
让我在这件小小的事上向你们证明，
我既然已经决定把辛伯放逐，

就要贯彻我的意旨，
毫不含糊地执行这一个成命，
而且永远不让他再回到罗马来。

——选自《威尼斯商人》

世人所知道的我,并不是实在的我

啊,老兄,你放心吧;
我所以跟随他,
不过是要利用他达到我自己的目的。
我们不能每个人都是主人,
每个主人也不是都该让仆人忠心地追随他。
你可以看到,
有一辈天生的奴才,
他们卑躬屈节,
拼命讨主人的好,
甘心受主人的鞭策,
像一头驴子似的,
为了一些粮草而出卖他们的一生,
等到年纪老了,
主人就把他们撵走;
这种老实的奴才是应该抽一顿鞭子的。
还有一种人,
表面上尽管装出一副鞠躬如也的样子,
骨子里却是为他们自己打算;
看上去好像替主人做事,
实际却靠着主人发展自己的势力,
等捞足了油水,

就可以知道他所尊敬的其实是他本人；
像这种人还有几分头脑；
我承认我自己就属于这一类。
因为，老兄，
正像你是罗德利哥而不是别人一样，
我要是做了那摩尔人，
我就不会是伊阿古。
同样地没有错，
虽说我跟随他，
其实还是跟随我自己。
上天是我的公证人，
我这样对他陪着小心，
既不是为了忠心，
也不是为了义务，
只是为了自己的利益，
才装出这一副假脸。
要是我表面上的恭而敬之的行为会泄露我内心的活动，
那么不久我就要掬出我的心来，
让乌鸦们乱啄了。
世人所知道的我，
并不是实在的我。

——选自《奥赛罗》

现在死去,才是最幸福的

看见你比我先到这里,
真使我又惊又喜。
啊,我的心爱的人!
要是每一次暴风雨之后,
都有这样和煦的阳光,
那么尽管让狂风肆意地吹,
把死亡都吹醒了吧!
让那辛苦挣扎的船舶爬上一座座如山的高浪,
就像从高高的天上堕下幽深的地狱一般,
一泻千丈地跌下来吧!
要是我现在死去,
那才是最幸福的;
因为我怕我的灵魂已经尝到了无上的欢乐,
此生此世,再也不会有同样令人欣喜的事情了。

——选自《奥赛罗》

套上了枷的奴隶

它们并不是命运的最初的奴隶,
不会是它的最后的奴隶;
正像愚蠢的乞丐套上了枷,
自以为许多人都在他以前套过枷,
在他以后,
也还有别的人要站在他现在所站的地方,
用这样的思想掩饰他们的羞辱一样。

——选自《理查二世》

带着你的美誉到天上去吧!

再会吧,伟大的心灵!谬误的野心,
你现在显得多么渺小!
当这个躯体包藏着一颗灵魂的时候,
一个王国对于它还是太小的领域;
可是现在几尺污秽的泥土就足够做它的容身之地。
在这载着你的尸体的大地之上,
再也找不到一个比你更刚强的壮士。
要是你还能感觉到别人对你所施的敬礼,
我一定不会这样热烈地吐露我的情怀;
可是让我用一点纪念品遮住你的血污的双颊吧,
同时我也代表你感谢我自己,
能够向你表示这样温情的敬意。
再会,带着你的美誉到天上去吧!
你的耻辱陪着你长眠在坟墓里,
却不会铭刻在你的墓碑之上!

——选自《亨利四世》

干事业的人打瞌睡的工夫也没有

再会，老板娘；
再会，桃儿！
你们瞧，
我的好姑娘们，
一个有本领的人是怎样的被人所求；
庸庸碌碌的家伙可以安心睡觉，
干事业的人却连打瞌睡的工夫也没有。
再会，好姑娘们。
要是他们不叫我马上出发，
我在动身以前还会来瞧你们一次的。

——选自《亨利四世》

拔去一个敌人就会使一个友人离心

国王已经厌倦于这种吹毛求疵的责难。
他发现杀死一个他所疑虑的人,
反而在活人中间树立了两个更大的敌人;
所以他要扫除一切芥蒂,
免得不快的记忆揭起他失败的创伤;
因为他充分明白他不能凭着一时的猜疑,
把国内的敌对势力根除净尽;
他的敌人和他的友人是固结而不可分的,
拔去一个敌人,
也就是使一个友人离心。
正像一个被他的凶悍的妻子所激怒的丈夫一样,
当他正要动手打她的时候,
她却把他的婴孩高高举起,
使他不能不存着投鼠忌器的戒心。

——选自《亨利四世》

不曾用过的美貌将随你走进坟墓

华美的人儿,为何你要把那份
美丽的遗产,在自己身上消耗殆尽?
除了生命,造化不会赐予任何东西,
他的慷慨也只是针对那些心胸开阔的人。
美丽的吝啬人,为何你要滥用
那份让你转交给别人的厚礼?
蹩脚的高利贷者,为何你使用
高额的款项,仍旧不能好好生活?
因为你只跟自己做生意,
也只能去欺骗娇柔的自己。
有朝一日,造物主把你召回,
你该如何交代你的那笔账目?
不曾用过的美貌将随你共进坟墓,
但若善加利用,新的生命就会替你执行遗嘱。

——选自《十四行诗》

让天姿国色沦为残花败絮

时光啊，你曾用精细的工艺造就
众人瞩目的可爱容颜，对同一张脸庞，
你终将露出狰狞的面孔。
让天姿国色沦为残花败絮。
永不停息的时光把夏季带到
凄厉的寒冬，并将他摧毁。
鲜活的树液被冻结，繁茂的绿叶被摧落，
美貌被冰雪所掩埋，满目一片荒凉。
倘若当时未曾提炼夏之精华，
把它凝成香露锁进玻璃瓶，
美与美的芬芳就会一起消逝，
再不会有人将它们忆起。
提炼过的鲜花，纵然经历寒冬，
流失的只是颜色，那馨香仍永留人间。

——选自《十四行诗》

光彩照人的韶华也会转瞬即逝

看啊，那普照万物的朝阳正从东方
仰起他那炽热的头，凡尘的视线
都景仰着这初生的景象，
用目光恭候着他神圣的车辇。
他登临巍巍苍穹的顶峰，
恰似青年风华正茂，雄姿英发，
芸芸众生依旧膜拜他的峥嵘，
紧紧追随他金光万丈的朝圣之行。
但当他从山巅拖着疲惫的车轮，
像虚弱的老叟，颤巍巍地离开白昼，
众人便随同他下沉的足迹，
移开了那原本恭顺的视线。
同样，你那光彩照人的韶华也会转瞬即逝，
你将孤寂地死去，除非你有一个孩子。

——选自《十四行诗》

为什么你的音乐总是如此悲伤

音乐一声声地低沉响起,为什么你的音乐总是如此悲伤?
甜与蜜不相克,欢与乐总交融。
为什么要去爱那些令你不高兴的东西?
或者去接受那些烦恼?
和谐悦耳的声音如此美妙,
入耳之后却仍勾起你无尽的烦恼。
那便是它们在柔声地责怪你,
不该用独奏来窒息生命合奏的乐章。
看这一根弦,是另一根的亲密爱人,
它们是怎样呼应震荡,彼此和鸣?
宛如丈夫、儿子和欢悦的母亲,
共同唱响一首美妙的歌曲。
无言的曲调,不约而同地为你
唱着同一首歌:"如若你孤身一人,便将一事无成。"

——选自《十四行诗》

是不是担心寡妇的眼睛泪水盈眶

是不是担心寡妇的眼睛泪水盈眶,
你才独自幽居,消磨生命?
啊!如果你没有留下后代就死去,
世界将会哀悼你,像丧偶的妻。
世界将是你的遗孀,为你伤心,
因为你没给它留下你的容貌。
当真正的寡妇看着自己孩子们的眼睛,
她们脑海中会清晰地闪现丈夫的身影。
看啊,浪子在世间挥金如土,
钱财只是换了主人,世人仍可享用。
而美貌在世上一旦耗完,便一去不返,
存而不用,无异于暴殄天物,任其腐朽。
这样的心怎么会对别人有爱?
哪怕是自己,他都忍心来戕害!

——选自《十四行诗》

你对自己都这样漠不关心

羞时！你对自己都这样漠不关心，
又何必说你还爱着任何人！
本是如此，随你吧。许多人对你钟情，
可是显然地，你对谁都未曾动心。
怨愤仇恨把你纠缠侵袭，
使你对自己毫不怜惜。
你费尽心机想要摧毁的殿宇，
本应是你精心卫护的圣地。
噢，回心吧，让我也好转意！
恨的居所难道要比爱的殿堂美丽？
娴雅温柔一些吧，一如你的美貌。
或至少对自己多一点点关爱仁慈：
再造一个自己吧，如果你爱我，
那美将在你或孩子身上永远存活。

——选自《十四行诗》

美和芳菲会把自己抛弃

我细心地数着时钟上滴答滴答消逝的时间,
眼见明媚的白昼进入狰狞的黑夜;
我凝望花期已过的紫罗兰,
她那青丝卷蕊已白雪斑斑;
我看着参天巨树繁叶尽落,
他不久前还曾荫蔽着羊群。
夏日的青翠被一束束扎捆,
带着微颤的白须被人安魂。
推及你的美貌,我忧虑怀疑。
她终有一天会被抛入时光的废墟,
因为美和芳菲会把自己抛弃,
眼看着别人成长,自己却枯萎老去。
没有什么能抗拒时光的巨手,
除了生儿育女,趁你尚未被捉走。

——选自《十四行诗》

把你的美貌交给另一个人来延续

愿你永远是你自己！但是，我的爱啊，
你只要活在尘世，终究逃不脱既定的寿命：
对这末日的来临你要早做准备，
把你的美貌交给另一个人来延续。
这样才能使你租赁来的美丽容颜
永不消匿：到时你离开人间，
你又将归返为你自己，
你的儿女保存着你优雅的形体。
谁会忍心让如此美丽的大厦倾颓？
如果精心呵护照料，便可以
去抵抗隆冬肆虐的狂风暴雨，
去经受漫长冬日的死寂。
啊，除非你是浪子！我的最爱，你可明白，
你有父亲，也让你的儿子这样自豪地说吧。

——选自《十四行诗》

至真与至美将共同闪耀留传

我的判断并非来自于星辰，
因为我认为自己通晓占星之术，
但不是为了预言命运的通蹇、
瘟疫、灾荒，或四季的吉凶变迁。
我不会为人卜算流年，
指点他运程中的风雷雨雪，
或为王子皇孙推测时运，
凭借我从上帝那里探得的天机。
而从你眼中，我领略了奥秘，
从你的明眸里，我获得了天启：
至真与至美将共同闪耀留传，
只要你肯把后嗣繁衍。
否则我也只能如此对你昭示：
你的末日也正是真与美消亡之时。

——选自《十四行诗》

如果我能写出你的美目流盼

今后我们的后代谁会相信我的诗行，
假如里面满载着对你美德的颂扬？
毕竟，天知道，它只会像坟墓一样，
把你的生命和你一半的本色掩埋。
如果我能写出你的美目流盼，
用清新的韵律细数你的仪态万千，
将来人们会说："这诗人简直谎话连篇：
如此国色天姿哪会流落人间！"
于是我的诗稿将被岁月熏黄，
被人饥讽为饶舌老人的信口雌黄。
你的真实容貌将被视为诗人的狂想，
或是一首古老歌曲夸张的翻版：
但你如果有孩子活在那时，
你会拥有两个生命，在孩子身上，也在诗里。

——选自《十四行诗》

你将永远拥有这俊美的容颜

我怎么能够把你比做夏天，
你比它更可爱，更温婉：
狂风把五月娇嫩的花蕊摧残，
夏季时光匆匆，总是如此短暂：
有时炽热异常，像上天灼烧的眼，
它那金色的面容常飘忽闪现。
再美好的事物也终将凋残，
随时间和自然的变化而流转。
但是你的夏日会永远鲜艳，
你将永远拥有这俊美的容颜。
死神也无法夸口让你在它的阴影里逗留，
当你在这不朽的诗句中永远地生息留守：
只要人类还在呼吸，只要眼睛还在阅读，
我这首诗就会存在，你的生命就会存在。

——选自《十四行诗》

造物主让你把欢乐给女人

你少女般的面容由造物主一手造就,
美貌的你啊,是我的情妇和情郎。
你的心如女人般柔细温婉,
却未曾染上反复无常的恶习;
你的眼睛比她们的明亮清澈,却不虚伪造作,
流盼之间使万物生辉;
你风采盖世,让众美尽失颜色,
你迷惑了男人的眼神,勾走了女人的灵魂。
造化原本把你塑为女人,
而他兴起陶醉之际,
在你身上误加了一样东西,
对我来说它毫无意义。
既然造物主让你把欢乐给女人,
那就把爱给我,把情欲留给她们。

——选自《十四行诗》

我若死去你也无法独活

这面镜子不能让我承认自己越来越老,
只要青春和你相伴共同流转。
但当你的脸被时间刻上沟痕,
我宁愿以死来补偿我的岁月。
因为那装点了你的美艳的一切,
不过是我内心的一件华丽外衣。
我们的心在对方的胸膛跳动,
那我怎么能够比你提前老去?
啊,我的至爱,千万要珍重自己,
就如同我在为你而把我自己珍惜。
精心呵护着我胸膛中你的这颗心,
像慈母守护着婴儿免遭病魔侵袭。
我若死去你也无法独活;
你已把心给我,又怎能收回?

——选自《十四行诗》

太深太重的爱情已把我压倒

如同那舞台上笨拙的演员
慌乱中忘了自己的角色,
又好像猛兽暴怒的狂吼
用力过猛反而雄心难展。
同样,我担心疑虑,竟忘记,
表达爱情完整而隆重的典礼。
太深太重的爱情已把我压倒,
我竟然挣扎在其中奄奄一息。
啊!那就让我这无言的诗篇
替我把缠绵的衷曲一一倾诉,
为爱辩护,也期待爱的回复
远胜于喋喋不休的雄辩之术。
请耐心读一读我这沉静的爱的情书:
倾听这属于爱的精妙曲目。

——选自《十四行诗》

我的眼睛画出你的像

我的眼睛扮作画家，
把你的倩影绘在我心上；
我的身体是镶嵌着你的美的画框。
而画家的高超技艺是透视法，
必须透过画家的技巧
发现那珍藏着你真实面容的地方；
她永久悬挂于我内心的画室，
你的眼睛就是画室的玻璃窗。
请看眼睛与眼睛多么会相互帮忙：
我的眼睛画出你的像，
而你的眼睛却帮我打开画室的窗，
从那里，太阳愉悦地瞥见你的画像。
眼睛的艺术毕竟还有缺憾，
能画出外表，却读不懂情感。

——选自《十四行诗》

使我配得上你甜蜜的恩宠

爱神啊,你的美德已经
使我这藩属对你更加拥戴,
我现在让这呈上的诗做我的信使,
他是在履行职责而非卖弄才华;
职责那么重要,我却拙于言辞,
难免会表达空洞,词不达意;
我只希望你灵秀的心思不要嫌它太粗鄙,
但愿你的慧心让我赤裸的语言重生光彩;
无论哪个星辰引我前行,
都会对我露出和悦的笑容,
给我寒微的爱穿上华服,
使我配得上你甜蜜的恩宠:
那时我才敢夸耀我的爱恋;
否则我怎敢接受你的考验。

——选自《十四行诗》

白昼把我的愁苦延长

我怎样才能放心自如地归去,
既然身心得不到片刻休息?
白天的负荷夜里得不到休憩,
反而日日夜夜承受着不尽的威逼,
白昼与黑夜虽说彼此为敌,
为了把我折磨,他们却携手共济;
劳苦和抱怨是他们各自的武器,
日夜跋涉却与你越来越远。
为了取悦白昼我告诉他你是光明,
能把阴云密布的天空照得光灿耀眼;
为了讨好黑夜我又故伎重演:
星星如果不眨眼,你会为他耀闪;
但白昼却日日把我的愁苦延长,
黑夜也个个增添我无尽的悲伤。

——选自《十四行诗》

干涸的双眼再度泪涌

当我回想自己那逝去的往事，
便走进了甜蜜而静默的公堂，
不禁为许多未达的追求叹息，
旧恨未已，复为蹉跎的岁月哭泣：
干涸的双眼再度泪涌，
为了那幽冥永隔的亲朋，
苦痛早已勾销，哭泣那重又升起的爱，
哀叹世事如烟，一去不返，
我对这些悲痛一一细数，
却是悲痛复悲痛次次加重，
往日那诸多呜呜咽咽的伤心旧账，
仿佛都堆到今天才来付偿。
可是，当我想起你的那一刻，我的挚友，
一切的损失全都收回，所有的悲哀也化为乌有。

——选自《十四行诗》

她们把我的情意都交给你收藏

那些消逝了的我以为早已死去，
原来她们正在你的胸膛欢聚，
那里洋溢着爱，以及爱的一切可爱之处，
还有那我认为已被埋没了的朋友。
虔诚的爱从我眼中
偷走了多少圣洁哀悼的泪珠
去为逝者祭奠！此时我才恍然大悟，
她们离开我只是搬到了你的心里。
你是收藏过往情愫的芳冢，
挂满了我已逝情人的纪念，
她们把我的情意都交给你收藏；
让你能独享许多人应得的爱。
在你身上，我看到了她们的倩影，
而你，她们的总和，尽占我的心。

——选自《十四行诗》

容光只是那昙花一现

很久很久以来，我看那初生的朝阳，
以至高无上的目光宠溺着山巅，
金色的脸庞亲吻着青碧的草场，
把黯淡的溪水涂成一片金黄；
然后，蓦然间，任那卑贱的乌云，
携着阴霾驰过他神圣的脸庞，
让孤凄的世界再看不到他的天颜，
悄然向西移去掩埋他的缺点；
我的太阳也曾在一个清晨
用光芒在我额上写下他的欢欣，
但是，唉！容光只是那昙花一现，
乌云顷刻间就把我和他隔断。
我的爱不会因此变得轻贱；
太阳都有瑕疵，何况人间！

——选自《十四行诗》

你的至爱眼中洒下的是明珠

你为啥要预测天气晴空万里，
诓我不带外衣就出来游览，
让卑贱的乌云中途把我赶上，
用腐臭的云雾遮起你的光芒？
你纵然冲破云层帮我把脸擦干，
又怎能抚慰我心中的积寒？
没有人会来称赞这样的药丹，
只疗外伤而不把心病消减。
你的愧怍也无法将我的伤痛抚平。
你纵然忏悔，也无法把我的损失补偿。
背负着耻辱的十字架，冒犯者的引咎悔忏
对其慰藉的效果微弱得何足一谈！
哎！你的至爱眼中洒下的是明珠，
她们的富丽足够把你的罪孽全赎。

——选自《十四行诗》

爱与恨总在我心中相互排挤

千万不要为你冒犯我的行为而伤痛了,
玫瑰花有刺,银色的清泉也会有泥垢;
云和蚀把日月玷污,
可恶的毛虫把芬芳的香蕊侵蛀。
谁人无过,我自己也有错,
用种种比喻把你的罪来开脱,
牺牲我的洁白来洗涤你的罪愆,
赦免你那不可赦免的大过!
我强词夺理为你的败行寻找借口,
充当你辩护人的竟然是你的对手!
我将开始上诉,正式控告我自己,
爱与恨总在我心中相互排挤,
结果我不得已竟成了你的帮凶,
帮你掠夺我自己,你,温柔的小偷!

——选自《十四行诗》

愿人间至善至美都归你所有

正像年老的父亲见到下一代,
那活泼的孩子表演青春的伎俩,
同样,我也受到命运的摧残,
想从你至诚的美德中寻找慰安;
任是美貌、家世、智慧、财产,
或其一,或全部,或更多,
在你身上都完美无憾,
我把爱的枝条嫁接在你丰硕的根株上。
我将不再残缺,不再贫瘠,不再被轻鄙,
仅仅一个幻影就让我如此充实,
令我满足于你的富裕,
并依靠你光荣的一部分安然度日。
我愿人间至善至美都归你所有,
这个心愿让我十倍地无忧。

——选自《十四行诗》

做第十个缪斯吧

我的缪斯怎么会找不到主题,
既然有你不断给我的诗注入灵感,
只要你还在呼吸。
岂是每张粗俗的稿纸都能再现你至善至美的精魂?
如果我的诗还有一点点值得你去细读,
那就感谢你自己。
既然你给了哑巴创造之光,
写到你时他怎会缺少颂扬?
做第十个缪斯吧,
你将比那古老的九位高明百倍。
如果有谁向你呼吁,你就让他做出
一些流传千古的诗篇。
我卑微的诗神如能取悦世人,
就把痛苦留给我,让赞美都归你。

——选自《十四行诗》

我用甜美的情思来取悦时光

我怎么能够不由衷地把你歌颂,
当我全部的精华为你所有?
我为何徒劳地将自己赞誉?
赞美你岂不正是赞美我自己?
正因此故,我俩必须分手,
甜蜜的爱使你丧失了独身的美名,
分离后我便可归还
你本该单独享用的全部赞誉。
离别啊,你将给我多大的伤痛,
莫非,你辛酸的闲暇不能允许
我用甜美的情思来取悦时光,
蜜语把时光和相思蒙混欺骗,
而且你教我如何将人一分为二,
在诗里赞美远方的人儿。

——选自《十四行诗》

恋爱中的人都知道

我的爱人啊,请把我的爱都带走,都带走!
那时再看你比已有的多些什么。
我的爱人啊,没有真心,怎么称得上真爱?
我的爱早已属于你,纵使在还未加上这个之前。
如果你为了我的爱而接受我的爱,
我不会因你享有它而将你指责;
但得责备你,如果你自欺欺人
去和一个并不相爱的人纠缠。
温柔的小偷啊,我不得不原谅你的掳掠之举,
尽管你把我仅有的一点财富通通夺走;
不过恋爱中的人都知道,
忍受爱的屈辱比承受恨的创伤更痛楚。
你风流妩媚,连你的劣迹也风流妩媚,
我宁愿你辱杀我,也不想我们成为敌仇。

——选自《十四行诗》

我的确对她有深深的爱

你占有她,并不一定是我所有的悲哀,
然而,我的确对她有深深的爱;
她占有你,那才是我最大的痛苦,
爱情的损失对我的触动更深。
我挚爱的冒犯者啊,我愿这样为你开脱:
你爱她,因为知道我爱她,
她骗我,也是知道我爱她,
那就让我的朋友因我去爱她吧!
失去你,我的失去正是我爱人的收益,
放弃她,我的放弃正是我朋友的获取;
你们各有收获,我却二者尽失,
都因我的缘故,你俩把我折磨:
可这就是快乐;我与朋友原本一体;
甜蜜的奉承话语!毕竟她爱的只是我!

——选自《十四行诗》

闭上眼睛时，看得最清晰

闭上眼睛时，我就看得最清晰，
因为在白昼它们对一切都熟视无睹；
而当我入睡后，在梦里望着你，
幽幽的火焰，暗夜里径自光明，
你的影子把黑暗照得通亮，
把紧闭的眼睛映得那么辉煌，
你的倩影将形成怎样的美景，
让光耀的白昼更添光彩！
如果在白天也能对你凝望，
我的双目将是多么幸福！
即使在沉寂的黑夜，你那残缺的美丽身影
都能把酣睡中没有视觉的眼睛照亮！
见不到你，白天犹如黑夜，漆黑一片，
梦里看到你，黑夜好似白昼，光明无限。

——选自《十四行诗》

明眸和真心各得你的一半

我的心和眼睛在拼命打仗，
为的是怎样分摊你的美貌俊颜；
眼睛一心想把你的形象与我的心隔断，
心儿又不甘让它拥有这份权限。
我的心声称你已在它深处伏潜，
从不曾有明眸把它的宝箱洞穿，
但眼睛却否认心的申辩，
坚持认定你的倩影保存在它里面。
为解决这纷繁不清的悬案，
住在心中的思想被邀做陪审团，
思想的判决最终得到了宣布，
明眸和真心各得你的一半：
眼睛享受你的倩影，
心儿拥有你的爱情。

——选自《十四行诗》

谦谦君子也会成为扒手

我临走之前是多么小心又小心，
每件东西，不分巨细，都认真打理，
把它们都保险地锁在箱里，
以免被一些奸诈的手亵渎！
而与你相比，珠宝一文不值，
我最大的安慰，如今是我最大的忧伤，
你，我的至爱至亲，我生命中唯一的挂念，
会流落为每个市井无赖猎取的对象。
我未曾把你锁进任何保险箱，
我这温暖的胸膛，
我感觉到你就在那里，除了你不在的地方，
在那里，你可以自由地出入游荡；
即便是在那里，我仍忧虑着你会被人偷走，
面对你这珍宝，谦谦君子也会成为扒手。

——选自《十四行诗》

为何爱你，我没有理由

我抗拒的那个日子，如果它终将到来，
终究看到你对我的缺点皱起了眉头，
终究让你的爱花完了我最后一文钱，
终究被顾虑催逼着清算账目；
我抗拒那一刻，当你像陌生人一样从我身边走过，
不再用你那太阳般的眼睛向我一瞥，
当爱情不再有以往的那种情意，
便会去编造搜罗种种借口，堂皇而庄重；
我抗拒那一刻，我务必找个地方躲一躲，
躲进自己应得的评判的小屋，
然后举起手，当着众人宣誓，
为你种种合法的理由提供保障：
你有法律的保障，却将抛弃我，
为何爱你，我没有理由。

——选自《十四行诗》

什么马能赶得上我的情思

终于，我的爱就可以原谅这匹慢吞吞的马。
当离你而去时，我不会嫌它走得太慢：
是要离开你，何必如此匆匆？
又不是归来，无须急忙把路赶。
那时，最迅最捷在我眼中仍是拖延，
啊，我的可怜虫怎会得到宽恕？
归来时，纵使你驾风而行，我仍会催促，
风驰电掣我也不会觉得迅速：
没有什么马能赶得上我的情思；
因此我这完美无瑕的爱化作的情欲
会欢跃嘶鸣，如风似雷般飞驰；
然而爱，为了爱，就这样把我的马儿饶恕：
"既然离别你的时候，它有意慢走，
归来时我徒步奔向你，却任它信步闲游。"

——选自《十四行诗》

你在时欢乐便在

我像富豪一样,拥有幸运的钥匙,
能帮着他打开富丽的宝藏,
可并不愿时时去开启,
以免磨钝那难得的乐趣。
因此总是那么庄严而少有,
既然漫长的一年难得遇到,
偶或一见,便有如宝石一样珍奇,
又像几颗珍珠在项链上穿起。
时间,也像我的宝箱把你收藏,
或像收藏服装的衣橱,
只在特殊的佳节良辰,
才抖出它幽闭已久的珠华宝光。
幸运如你,集众长于一身,
你在时欢乐便在,你隐时憧憬随生。

——选自《十四行诗》